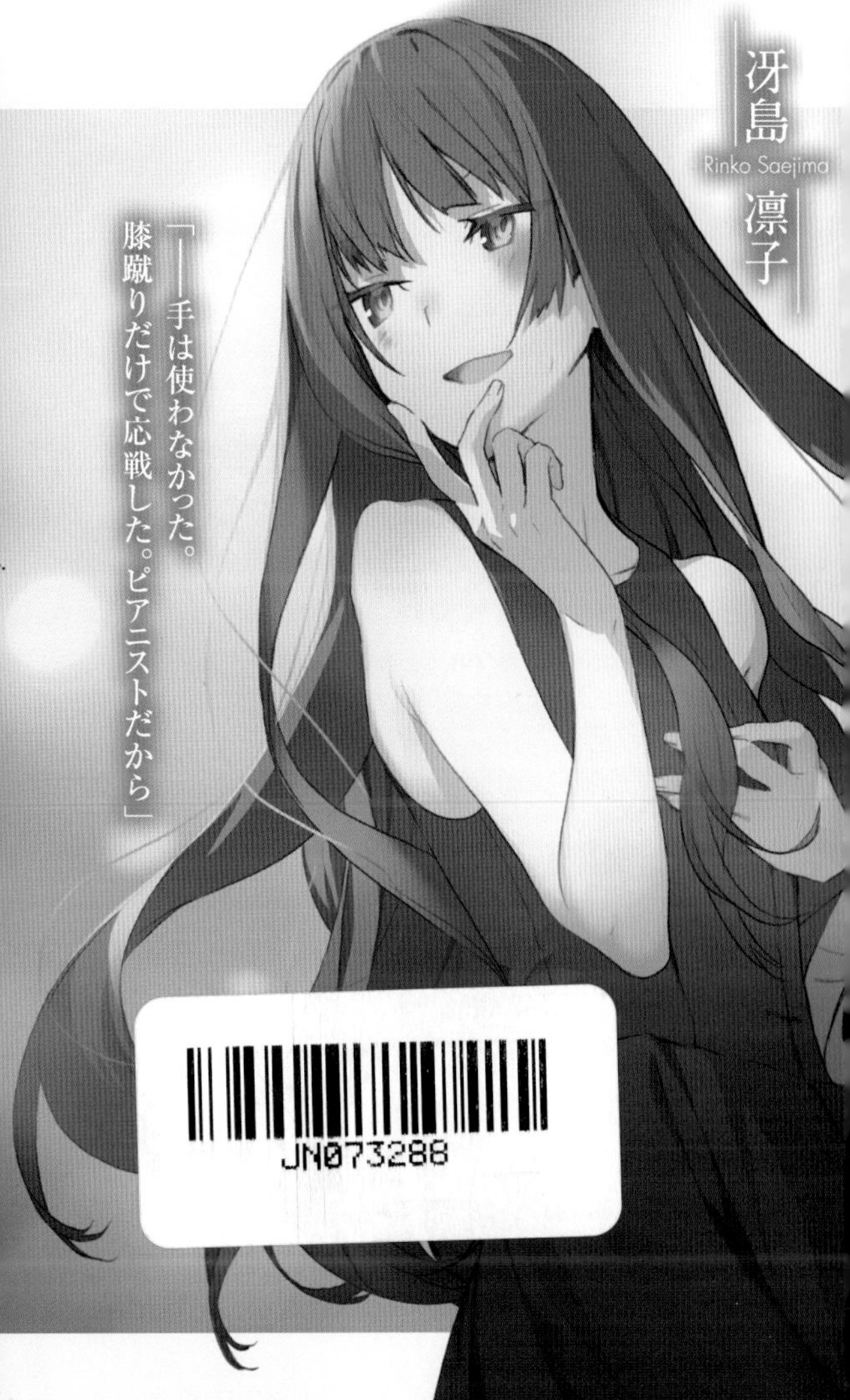
冴島凛子
Rinko Saejima
「──手は使わなかった。
膝蹴りだけで応戦した。ピアニストだから」
JN073288

ただ汝の知識に行いを加え、信仰を加え、美徳を、忍耐を、節制を、そして愛を加えよ。

慈愛の名で呼ばれる、すべてのものの魂であるその愛を。

されば汝もこの楽園から去ることを厭わぬであろう。

はるかに幸多き内なる楽園を、汝は持つことができるのだから――

〝Paradise Lost〟John Milton

Paradise NoiSe
Rinko Saejima

1　コンチェルト憧憬（しょうけい）

日本における音楽用語というものは、たいがい翻訳（ほんやく）されることなく、原語そのままのカタカナ表記が使われている。ピアノ、ヴァイオリン、チェロといった楽器の名前はみんなそうだし、楽譜（がくふ）に登場する各種記号もそうだ。スタッカート、クレッシェンド、リタルダンド、アレグロ、アダージョ……。イタリア語が多いのでいっそうなじみが薄（うす）く、音楽に詳（くわ）しくない人はちんぷんかんぷんだろう。僕も最初そうだった。

ところが音楽用語の中でも一区画だけ、訳語がちゃんと定着している分野がある。

楽曲の種類名、だ。

交響曲（シンフォニー）とか歌劇（オペラ）はだいたい原語と訳語を結びつけられるだろうし、即興曲（アンプロンプテュ）、間奏曲（インテルメッツォ）といったあたりはもう原語の方が知られていないんじゃないだろうか。名訳も多く、夜想曲（ノクターン）なんて、字面（じづら）も美しいし意味も通っていて見事なものだ。

なぜ楽曲の種類名だけは訳語が普及（ふきゅう）しているのだろう、と考えたことがある。

これは僕の想像だけれど——おそらく、他の音楽用語が『演奏する人のためのもの』なのに対して、楽曲の種類名だけが『聴（き）く人のためのもの』だからじゃないだろうか。演奏会に足を運んだり、レコードを買ったりする人のために、曲をわかりやすく紹介する言葉。

中でも、僕が一番好きな訳語は、協奏曲だ。

主役をつとめる独奏楽器と、バックを支える楽団が協調して演奏する曲。

かつては同じ読みで〝競奏曲〟と書いていたというのだから、ソロとオーケストラが仲間でもあり敵でもあるこの演奏形態を完璧に言い表していて、漢字文化ってすごい……！　と痺れてしまう。

敵であるにしろ味方であるにしろ、数十人ものオーケストラとたった一人で渡り合わなくてはいけないのだ。これほどの栄誉と重圧がのしかかってくる舞台はそうそうない。

ピアノやヴァイオリンを習う子供にとって、そして習わせる親にとって、協奏曲は遠い遠い憧れだろう。まずもってして一般人には演る機会すらない。音楽科のある学校に入って首席の成績をおさめるとか、どこかの楽団が協賛する有名コンクールで優勝するとか、あるいはひょっとしてプロになるとかすれば――

ほとんどの人にとっては、叶わぬ夢で終わるのだけれど。

*

二学期が始まって二日目の昼休み、僕らは校長室に呼び出された。

僕ら、というのはバンドメンバー四人のことだ。

冴島凜子。かつてはコンクール荒らしで知られていたけれど色々あってコンテスタント人生からは離脱した元天才ピアニスト。

百合坂詩月。華道家元の娘として生まれ、流派を継ぐべく生け花の英才教育を受けた純和風ご令嬢ながら、ジャズ仕込みの芯の太いグルーヴを聴かせるパワフルドラマー。

宮藤朱音。中学校時代から不登校でスタジオ通いの音楽漬け、どんな楽器も弾きこなし、あちこちのバンドを渡り歩いてきた万能歌姫。

それから、女装で再生数を稼ぐせせこましいネットミュージシャンだった僕。

同じ高校に通うこの四人がパラダイス・ノイズ・オーケストラというバンドを組み、フェスに出て初ライヴを披露したのがこの夏休みのこと。

ネットの動画投稿サイトにアップしたオリジナル曲が話題になって火がつき、フェスも配信されたので大勢が視聴し、結果、僕らは——

だいぶ有名になってしまった。

「そのこと自体は、はい、べつにね、悪いことではないんですよ」

校長先生は僕ら四人の間に視線をさまよわせながら自信なさそうに言った。

「バンド活動、特に校則で禁止もされておりませんし、学業をおろそかにしているわけでもないですし——ああ、そう、宮藤さんは、ええ、入学からずっと休んでいましたけれどバンドを始めてから登校するようになったんでしたっけ？　そうですね友達がいると学校行こうかって気持ちになりますからね、けっこうなことです」

なにが言いたいのかいまいちわからない。要領を得ない話を長々続けられる能力検定みたいなのが校長昇任試験に含まれてるんだろうか？　隣の教頭先生も困惑している。

「ただ、有名になってしまうと、その、トラブルがあるかもしれないでしょう。ネットで有名になったから、全然知らない人が近づいてくることもあるわけで」

ああ、そういう話か。

「あと、お金の問題……がなによりですね。だいぶ……儲かっているのではないかと思うのですがそのへん色々とちゃんとしていますかね」

校長先生の言葉に、凛子と詩月と朱音の視線がみんな僕に集まる。

「え、あ、はあ。……まあ。大丈夫です」

僕は曖昧な返答をした。

その後もいくつか小言を並べてからようやく校長先生は「じゃあそういうことで」と話を締めくくってくれた。

ところが僕らが校長室を出ていこうとしたところで咳払いで呼び止められる。

「それはそれとしてなんですが」

教頭先生の様子をちらちらうかがいながら校長先生は寄ってくると、なにか平たいものをそっと差し出してきた。

色紙だ。

「娘がファンで、サインを頼まれてまして」

教頭先生が聞こえよがしのため息をついた。僕も同じ気分だった。

「あとですね、フェスのグッズ、余ってませんかね？　Tシャツとか」

あんた絶対そっちが主目的だっただろ？


「お金の問題！　ちゃんとしないとね！」

校長室を後にしてすぐに朱音が言った。

「バンド解散評論家のあたしに言わせれば金銭問題はバンド解散原因トップ3だからね」

「なんつうしょうもない評論家だ……」

需要あるのか？　たしかに朱音は高校一年生にして十いくつのバンドの解散に当事者として立ち会ってきたというから、一家言あるだろうけど。

「トップ3のあと二つはなんなんですか」と詩月は興味津々。

……そこ掘り下げなくてよくない？

「一つは男女問題かな」

「それなら大丈夫ですね。真琴さんですもの」

詩月が言うと、その隣で凛子もうなずく。

「村瀬くんはそういう間違いは起こさない。なにかの間違いじゃないかというくらい間違いを起こさないから信じられないくらい信用できる」

「どっちだよ。意味わからんわ」

「そうだよね。真琴ちゃんが起こす男女問題なんてせいぜい、あたしのブラを気づかずに着けちゃうくらいだよね」

なんかこう、もっと気持ちよく信頼してほしかった。

「そもそも着けないけどッ？」

「ごめん、あたし自分で言っといてダメージ受けてる……真琴ちゃんが着けてもサイズ的に問題ないなんて……」

おまえの三倍くらい僕に冤罪でダメージなんだが？

「朱音、大丈夫」と凛子。「うちのバンドは貧者が三人だから。詩月だけが敵だから」

「だから僕を含めるな！　そういう戦争は女だけでやって！」

「うう、敵じゃないです……」と詩月は両腕で胸を抱えて泣きそうになる。「これはこれで苦労も多いんです」

「まあそうだよね。肩凝りそう」

「合う下着がなかなか売ってないでしょう」

「そう！　そうなんです！　あと夏は下側が蒸れて」

しばらく男にはわからない話題で盛り上がるので僕はそっと距離をとる。

「――それでトップ3のあと一つはなんなんですか」と詩月はいきなり話を戻す。

「まだその話続けるの？」と朱音は目を丸くする。僕もハモりそうになっていた。

「だっていちばん大事な話じゃないですか。解散原因には気をつけておかないと」

「ううん、それもそうか。最後の一つは『なんとなく飽きた』」

「それなら大丈夫ですね。私が真琴さんに飽きるなんてあり得ません」

詩月が言うと、その隣で凜子もうなずく。

「村瀬くんはほんとうに見ていて飽きないし、いじっていても飽きない」

なんか馬鹿にしているように聞こえる……。ていうか僕じゃなくてバンドの話でしょ？

「真琴ちゃんがあたしらに飽きることはあるかもね？」

朱音がまた余計なことを言うので詩月が目を剝く。

「そんなっ！　真琴さん、私がんばって飽きさせないように色々しますから！　真琴さんのためのマフラーを手編みしながら足だけでドラミングできるようになりますから」

「いや、べつにそんな曲芸おぼえなくても」あと、あなたは十分見てて飽きないですよ。

そこに凜子も乗っかってくる。

「そうか、わたしと村瀬くんも倦怠期なのかもしれない。思えば性犯罪ネタがしつこすぎて工夫がなかったと反省している。もっと新機軸で貶めて飽きさせないようにしないと」

「三ヶ月早く反省してほしかった。ていうか貶めるの自体をやめろ」

僕が言うと凛子はわざとらしく目を見張った。

「いいの？　わたしが貶めるのをやめたら普通に惚気るだけの高校生カップルになってしまって気持ち悪いと思うのだけれど」

「えっ？　……ああ、いや、……ええ？」

「ちょっとやってみる。村瀬くんはいつも優しいし、困っている人がいれば身を粉にして助けようとするし、わたしがどれだけわがままを言っても受け止めてくれる包容力があるし、セーラー服がとても似合っているし、百万人を夢中にさせる煌めく才能があるし、吐きそう」

「こっちもだよ」なんの拷問だ。

「もうだめです凛子さん私の心も限界です！　もっと真琴さんを讃えてください！」

「限界なら止めろよ！　僕もだいぶ前から限界だよ！」

「ほんとのことしか言ってないしすごくない？　真琴ちゃん超優良物件じゃない？　おまけに動画でいっぱい儲けてお金持ってるんでしょ？」

朱音の言葉で、逸れ続けた話は彗星のような遠大な軌道を描いて元の場所に戻ってきた。

凛子が咳払いする。

「そう、残るは金銭問題。この話はきちんとしておきましょう」

他人に聞かれたい話でもなかったので、昼休みは短いけれどわざわざ校外のマクドナルドまで四人で行った。

「フェスのギャラは山分けしたけど、大した額じゃなかったし」

凛子が厳しい口調で話を始める。

「問題は動画サイトの方。一千万再生行ったんだし、かなり儲かっているでしょう？」

「……ええと、正直に申し上げまして、かなり儲かっております」

僕の報告は変な敬語になってしまう。

「そっちも山分け……にした方がいいよね？　すぐ動かせる口座じゃないんだけど……」

「ううん、どうだろ」と朱音。「演奏も出演もあたしらだけど、でも真琴ちゃんの曲だし。あのチャンネル育てたのも真琴ちゃんだし」

「いやあ、チャンネルがあそこまで伸びたのは三人が出た動画のおかげだから、僕の力ってわけじゃあ」

「なぜそこで卑下するの。女装してまでリスナーを集めた自分の涙ぐましい努力をあなたは自分で否定するわけ？」

変な理由で怒るふりするのやめてくれないですかね凛子さん。

「最近ぜんぜん女装してないよね真琴ちゃん。本物の女子高生パワーで注目集められたから偽物の女子高生はもう用済みってわけ？　それでいいの？　あのセーラー服の娘に申し訳ないと思わないわけ？」

「思わないよ！　自分だし！」

「あのセーラー服再登場を希望してるコメントがどんだけ集まってると思ってるの？」

「心底どうでもいい！」

「そうですよ真琴さん、私だってたまにセーラームサオ出せって書き込んでます！」

「あれおまえだったのかよっ？　ていうか詩月が自分で着て動画出ればいいだろ、あの制服貸すからさ。顔映ってないんだからわかりゃしないって」

空気が凍りついた。

え、僕なんかまずいこと言った？

「……私だと、その、すぐ別人だとばれてしまうので……」

どうして、と訊こうとして彼女が自分の胸元に視線を落としているのに気づく。ああそうか。サイズ的にね。ばれるよね。

じとっとした目で僕と詩月を見比べた凛子が言う。

「わたしならばれないと今思ったでしょう？」

「お、思ってないよ！」と僕は必死に嘘をついた。

「あたしだって無理だからね、真琴ちゃんよりはよっぽど胸あるからねっ？」

「当たり前だろ！　こっちは男だよ！　ていうかこの話やめよう！」

「村瀬くんが胸の話ばかりしていてお金の話がちっとも進まない。昼休みが終わってしまう」

胸の話を持ち出すのは僕じゃなくて凛子と朱音じゃないか……？

「ともかく、動画の収益にはわたしたち三人もそれなりに貢献していると思うけれど、村瀬くんの働きがかなり大きい。ここまでは共通見解でいい？」

凛子が僕ら三人の顔を順繰りに見る。この流れからよくそんなまともな総括につなげられるもんだ。僕らはそろってうなずいた。

「それを踏まえて、そのお金をどうするかだけれど」

横から詩月が鼻息荒く言った。

「私は貯めておくべきだと思います！　結婚や新居などの資金に充てるべきです！」

「なんの話をしてんの……？」

「べつにお金には困ってないけど、後々こういうので揉めるの嫌だから今きちっと決めておいた方がいいよね」と朱音が真面目に言う。「計算が楽なように、真琴ちゃんが7割、あたしらがそれぞれ1割ずつでいいんじゃない」

その極端な偏りに僕はびっくりするが、さらに驚いたことには凛子も詩月もうなずいた。

「妥当なところだろ思う」

「真琴さんがそれでいいなら、かまいません」

「い、いいの？　ほとんど僕じゃん」

「ほとんど村瀬くんの作品だし。手間もそうだけど、機材とかソフトとかにもお金かかってるでしょう」

「ん……まあね……」

「じゃあきまり！」と朱音は笑う。「ライヴとかはまたその都度話し合おう」

「ライヴ、またやりたいですねえ……」

詩月がぽうっと遠い目になってつぶやく。

「またやりたい。あれは楽しかった」

凛子も、彼女にしては珍しいくらい熱のこもった口調で言う。

「実はイベント出ませんかって話がけっこうたくさん来てるんだよね」

僕がそう話を切り出すと、三人の顔色が変わる。僕はあわてて付け加えた。

「っていってもうさんくさいのばっかりだから今のところ断ってるんだけど」

なにしろ、ギャラが出ないどころかこっちに金を出させようなんて言ってくるやつまでいるのだ。有名になると変なのが近づいてくる、という校長先生の心配はすでに的中していたわけである。

「今にして思うと柿崎さんのイベントはかなり良心的だったってことになるね」

柿崎さん、というのは夏休みのフェスに僕らを出演させてくれたイベント会社の人だ。

「またイベントに呼んでくれるって柿崎さんに言われたんでしょう？」と凛子。

「うん、まあ、好評だったらしいから……でも次は冬だって」

「冬かあ。冬は遠いなあ」と朱音はテーブルの下で足をぱたぱたさせる。「それまでに一回はやっときたい。どうせなら次はワンマンでやりたいよね。こないだのは、全部お膳立てしてもらっちゃったから。うちらだけでどれくらいお客集められるのか試してみたい」

「自分たちで全部やるのってめっちゃ大変じゃないの？」

「うん、大変！　チケットさばくのとか地獄！　でもそれが楽しいんだよ」

「村瀬くん、ＳＮＳはどのあたりをやってるの」

凛子がいきなり訊いてくる。

「僕？　ツイッターとインスタは一応アカウントあるけど……見るの専門だよ」

「意識が低すぎる。今すぐにパラダイス・ノイズ・オーケストラのアカウントを各所に開設してＰＲに努めて」

「僕が？」

「７割もらうというのはそういうこと」

「うっ……」

こいつ、金が絡むとなんか変なスイッチ入るやつだな？

「それにワンマンともなれば曲がまだ全然足りない。知名度アップと資金集めのためにも動画をもっと作らないと」

「真琴さんがまた女装すれば全部いっぺんに達成できますよね！」

「もうそれはいいから！」と僕はあわてて詩月をシャットアウトした。

昼休み終了五分前にセットしておいたアラームが鳴ったので、女装話がそれ以上延焼することはなく、僕らはマクドナルドを出た。

学校に戻る道すがら、ふと凛子が訊いてくる。

「ところで、ああいう動画投稿サイトって未成年がお金を受け取れるものなの？」

「あー、未成年は保護者のアカウントの紐付けが必要なんだけど。僕が動画投稿始めたいって親に言ったら、さっさとやってくれたんだよね。収益化申請もすんなり」

そう話すと、三人ともがなにか言いたげな目で僕を見つめてきた。

「……村瀬くんは、親にすごく恵まれてる」

凛子がぽつりと言い、詩月と朱音がうなずいた。

「……そ、そう？　……うん、まあ、好き勝手やらせてもらってすごくありがたいけど。親父が大学時代にバンドやってたらしいんだよね、それでギターもシンセも最初は全部お下がりでそろえた」

「へええ。音楽エリートだねえ真琴ちゃん」

「全然そんなんじゃないって。楽器もらっただけであとは独学だよ。凛子とか詩月の方がよっぽどエリートじゃないの」

凛子はコンテストで優勝しまくっていたピアニストだし、詩月は大富豪で趣味人だったお祖父さんから本式のジャズドラムを仕込まれたという。僕なんかとは比べものにならない音楽の素地があるのだ。

「でもうちの親はクラシックにしか興味が無いから。ロックバンドなんて毛嫌いしてる」

目を伏せて凛子はぼそりと言った。

「え、じゃあバンドやってることは——言ってないの？」と僕は訊ねる。

凛子は小さくうなずいた。

「できれば一生言わないでおきたい。知られたら絶対面倒なこと言い出すから」

もちろんそれは無理な話だった。

＊

その週の水曜日のことだった。

僕は家にあったフェスのグッズを洗いざらい学校に持ってきていたので、放課後それを校長室に届けることにした。今後のバンド活動を考えると、校長先生を懐柔しておいて悪いことはないだろうと思ったのだ。

グッズでいっぱいの段ボール箱を抱えて校長室の前までやってきたとき、ドアの向こうから怒気をたっぷり含んだ女性の声が聞こえてきた。

「——バイト禁止のはずでしょう、なぜバンド活動を許しているんですか！　金銭が発生しているんですよ、放置するおつもりですか！」

「……いやあ、はあ、しかしですねえ冴島さん、その、普通のアルバイトとはちがうわけで、趣味の一環ですし、わたくしどもとしては干渉する理由はないわけでして」

こちらは弱り果てた校長先生の声だ。

バンド？　冴島？

なんか——僕らの話っぽいぞ？

「学生は学業最優先でしょう、そのために普通高校に通わせているんです。音楽をやるなら音楽科を受けさせていました！　それをバンドなんて！」

「はあ、ともかくですね、お子さんと一度よく話し合って……」

校長先生の声は消え入りそうだった。

その後も二、三やりとりがあったみたいだけれど、立ち聞きはよくないと思ってドアから離れた僕にはよく聞こえなかった。

「――失礼します！」

　そんな声とともに校長室のドアが開き、一人の女性が出てきた。

　四十代半ばくらいの、目鼻立ちのくっきりした面差しは、一目で凛子の母親だとわかった。きつそうな雰囲気までそっくりだ。

　壁際に退がって、手にしていた段ボール箱で顔を隠す。凛子の母親は僕には気づかずに階段の方へと歩き去った。その背中を見送ってから、校長室の入り口を見やる。

　校長先生がドアの隙間から困った顔をのぞかせていた。

「……あ、ああ、村瀬くん」

　気づかれたので、そのまま立ち去るわけにもいかなくなった。

「ええと。グッズ、持ってきたんですけど」

「おお。それは、ありがとう。娘が喜びます」

　箱を受け取る校長先生だが、表情は複雑なままだ。

「……今の、聞いてました？　村瀬くん」

「……ちょっと、聞こえちゃいました」と僕は正直に答えた。

「あれねえ、冴島さんのお母さんでねえ。バンドやらせたくないらしいんだけど、学校側にそんなことを言われても困るわけで……。かといって、個人的には村瀬くんたちを応援していますけれども、なにかできるわけでもなく、はあ、色々あるでしょうが、がんばってください、としか……」

頼りないことこのうえない校長先生の言い分だったが、しかたない。頼る筋合いもない人なのだ。

「最近ああいう親御さんが増えましてねえ。完全に家庭内の問題なのにねえ」

はあ困った困った、とつぶやきながら校長先生はグッズの詰まった箱を抱えて校長室内に引っ込んでしまった。

放課後はだいたいスタジオ練習があるので、四人で北校舎の玄関口に集まるのがなんとなく習慣になっていた。でもその日、凛子は姿を見せなかった。

「もーびっくりした。教室にいきなりおばさんがやってきてさ」

凛子と同じクラスの朱音が報告してくれる。

「担任の先生はどこ？　とか言い出したんだけど、凛ちゃんが外に連れ出して。凛ちゃんのあんなものすごい顔、はじめて見た。そのまま一緒に帰っちゃったのかな。あれお母さんだよね、顔めっちゃ似てたし」

「あ、ＬＩＮＥ来ました」と詩月がスマホを見る。

バンドのＬＩＮＥグループに、凛子からの素っ気ないメッセージが入っていた。

『親が邪魔しにきたので今日の練習は休む』

僕は校長室で見聞きしたことを詩月と朱音に話した。

「うわあ……それは……面倒なことになっちゃったね」

朱音は苦い顔で言う。

「私の母は……まだものわかりがいい方で助かってたんですね……」

詩月も沈痛そうな顔でつぶやいた。

以前、彼女も似たような問題を抱えていた。華道の家元である母親に、音楽活動を続けることを反対されていたのだ。

でも、彼女の場合はシンプルだった。バンドが華道の上達を妨げるのではないかと案じての反対だったので、詩月が華道家としての成長を作品で見せつけたらまったく文句を言わなくなったのだという。

凛子の方は——どうやら、そう簡単な話じゃなさそうだ。

「うちの親の放任っぷりを分けてあげたいくらいだよ」と朱音。

「朱音さんは不登校でスタジオに入り浸ってサポートメンバーでお小遣い稼ぎなんてしていましたけれど、親御さんにはなにか言われなかったんですか」

「ぜんぜん。呆れられてるっていうか、諦められてるっていうか。部屋に引きこもってるよりはましだろう、みたいな感じだった」

甘やかされて育ったからね、と朱音は笑う。

僕は自分のスマホでもLINEを確認し、なんと返信したらいいかわからないので既読だけつけてポケットに戻した。

さっき目撃した冴島・母の姿を思い出してつぶやく。

「……小さい頃からコンクールに出まくってる子供って、親が習い事にめちゃくちゃ熱心で干渉しまくるタイプばっかりらしいんだよね……」

「歴史と権威がある芸事はみんなそうでしょうね」と詩月がうなずく。「華道もそうですから。コンペの上位常連はみんな親同士もライバル、みたいな雰囲気です」

「あいつ、もともとロック畑じゃないし……まさかバンドやめちゃったりしないよな……」

僕がつぶやくと、詩月はじっと僕を見つめてきて、首を振ってきっぱり言った。

「絶対にあり得ません。凛子さんはそれはもう大好きで大好きで大好きでしかたがないですから」

朱音もうなずいて僕を見つめてくる。

「やめるわけないよ。見てて照れちゃうくらい大好きで大好きで大好きでしかたがないって感じだもん、いつも」

「そう?」二人のやけに熱の入った言い方に僕は疑問をおぼえる。「そんなにバンドに愛着があるような態度は見せたことなかった気が……」

「バンドの話はしていません」

「えっ……あ、ああ。そう。ごめん。……ええっ？」

じゃあなんの話だったんだよ？

でも僕の疑問はするりと無視される。

「ともかく凛子さんのご家庭の問題ですから、私たちは私たちのことをしましょう」

「そうだね。新曲もいっぱい作んなきゃいけないし。凛ちゃんのパートが必要なくなっちゃうくらいアレンジ仕上げて悔しがらせよう」

そのまま僕ら三人は新宿のスタジオに行った。

二つの事実が明らかになった。一つは、凛子がいなくてもバンドとして成立するということだ。ギターヴォーカルとベースとドラムスがそろっている。もう一つは、成立しない方がましだということだ。凛子のいない僕らは、どこにでもある一山いくらのつまらないスリーピースバンドだった。

「今日は……やめとこう」

三十分くらい新曲のアレンジをいじりまわした後で僕は演奏を止めて言った。

「凛子抜きだとろくな曲にならない」

「ほんとに全然広がらないね……」と朱音もギターを肩から下ろしてしまう。

「今日は既存曲の練習だけにしておきましょうか」

ドラムセットの向こうで詩月がしょんぼりした様子で言った。

＊

翌日、休み時間に凛子が僕のクラスにやってきた。

「村瀬くん、お金の支払い、すぐにお願いできる？」

いきなりそんなことを言い出すので僕も周囲のクラスメイトもびっくりする。

「どうせ将来的に全部わたしのお金になるわけだからいいと思ってたんだけど、急に入り用になってしまったの」

クラスじゅうに流言飛語が散る。

「え、なに、どういうこと？」

「村瀬が冴島さんに借金してるってこと？」

「あいつなら罪悪感ゼロで借りられそう」

「将来的にってどういうこと？　まさかもう結婚――」

「ちょ、ちょっ、ちょっと待て！」

僕は凛子の手を引いて教室を逃げ出した。階段の踊り場まで連れてきて問いただす。

「一体なにごとっ？」

「だから、わたしの分のお金。すぐには動かせないってこのあいだ言っていたけど、なるべく早めにもらいたくて」

「いや、それはいいんだけど、変な言い方するからクラスの連中に誤解されたじゃないか、結婚とか言ってたやつもいるし」

凛子は首をかしげた。

「誤解されてなにか困るの？」

「困るだろっ」

「どうして？　わたしは困らないけど村瀬くんは？」

なんかこのやりとり、前もやらなかったか？

「なぜ困るのか考えられる可能性としてはひとつだけ、村瀬くんに好きな人がいて、わたしと婚約しているという誤解が広まると恋路の邪魔になる。そうなの？」

「ひとつだけ？　い、いや、他にも」

「他になにかあるの？　具体的には？」

「え、いや、あの、ううん」

「ないでしょう。それで、他に好きな人がいるの？」

なんでこんな追い詰められ方をしなきゃいけないのか理解できない。

「……いや、べつに、いないけど」

「ほんとうに？　もう一度よく考えてみて？　いないの？」

「なんなんだよ！　よく考えなくてもいないよ！」

「そう。じゃあわたしの言う通り、なにも困ることはないという結論になる」

なんでちょっと嬉しそうなんだよ？　言いくるめられたから勝利感に浸ってんのか？

「まあ、もうそれでいいや。で、なんでいきなりお金が要るの」

「自分のお金を受け取るのに理由の説明が必要なの？」

「え……あ、いや、そういうわけじゃないけど。……ただ、気になっただけで」

母親の件と関係があるのではないか、と思ったのだけれど、訊くのはためらわれた。凛子の口から直接語られたわけではなく、たまたま立ち聞きで知ってしまった話だからだ。

「村瀬くんはわたしのことがそんなに気になる？」

「なんだよその質問は。……そりゃあ気になるよ。なにかトラブルでもあったのかなって」

そう言うと凛子の口元がまたしても緩む。

「なかなか気分がいいからあと五回くらい言ってくれない？」

「なにがしたいんだよっ？」

「村瀬くんとずっとバンドがしたい」

いきなり口調が真剣なものになるので僕は面食らう。凛子はふうと息をついて続ける。

「……のだけれど、母に知られてしまって。案の定、やめろと言ってきたの。昨日なんて学校に乗り込んできて先生に文句言って……恥ずかしい」

「……実は昨日、凜子のお母さん、校長室の前で見かけたんだ。校長先生からもちょっと話を聞いた。あと、詩月と朱音にも話しちゃった」

話が出てしまったなら正直に打ち明けた方がいいだろう、と思って僕は言った。凜子はぴくりと眉だけ動かした。

「ほんとうに恥ずかしい。母はわたしのピアノのことになると見境なくなるから。バンドなんかをやらせるために小遣いを渡しているんじゃない、って怒られて」

「ああ、それでお金が要るってこと」

凜子は渋い顔でうなずいた。

「村瀬くんの分までくれてもいいのだけれど。どうせ将来的にわたしのものになるし」

「まあ、そういうことならわかったよ。凜子の分だけ引き落として渡すよ」

「なんでおまえのになるんだよっ？」

「村瀬くんなら雰囲気で押せばいけるかなと思って」

「僕、軽く見られすぎじゃないですかね……？」

「それで詩月と朱音には村瀬くんからよしなに説明しておいてくれる？　こういう身内の恥を何度も自分で話したくないの。今日も早めに帰って母と話し合うことになっているから練習には出られないけど、べつにバンドをやめるわけじゃないから心配しないで、って」

「ああ、うん。わかった。伝えとく」

「とはいっても、二人ともわたしがバンドをやめるなんて毛ほども思ってないでしょうけど」

「そうなんだよね……。そういう意味での心配は全然してなかったよ。意外だった」

凛子は皮肉めいた微笑を浮かべる。

「わたしの愛の深さを理解していないのは村瀬くんだけ」

「えええ……ううん……だってほら、普段からそんなそぶり見せないからさ」

バンド愛、みたいなウェットな概念とは無縁のやつだと思っていたのだけれど。

「普段から愛情表現ばかりしている。気づいていないのは村瀬くんだけ」

そこまで断言されると自分が悪いような気がしてくる。

考えてみれば、バンドにしようって真っ先に言ったのもたしか凛子だったし、バンド名のアイディアも半分は凛子だしな。こいつなりにバンドを愛しているわけか。

「それで、村瀬くんはどう？　わたしがいなくなるのは嫌？」

訊かれて、僕は目をしばたたく。

「……当たり前だろ。なんだよいきなり。いなくなられたら困るよ。昨日の練習もさんざんだったよ、新曲を三人でちょっと演ってみたんだけど凛子抜きだとほんとつまんないアレンジにしかならなくて」

凛子は腕組みして気難しそうな顔でしばらく天井を仰ぎ、しばらくしてからふうっと細く固い息を吐き出して言った。

「40点」

「なにがっ？」

「村瀬くんの愛情表現が」

「いやもう全然意味わかんないけどっ？　べつに僕のはバンド愛の話じゃないし」

「じゃあ0点」

二人によろしく、と言い残して凛子は階段をのぼっていってしまった。

なんなんだよ、ほんとに。

＊

翌日、凛子は学校に来なかった。

「朝から来てないんだよ」

休み時間に朱音が教えてくれた。

「LINE送ってるんですけれど既読もつかないですね……」

詩月がスマホの画面を見下ろして萎れそうな声でつぶやく。

「真琴ちゃん、昨日の凛ちゃんほんとに大丈夫そうだったの？　なんかやばそうな雰囲気出してなかった？」

「いや全然……話した通りだよ、平気そうだったのに」

「まさか座敷牢に閉じ込められているんでしょうか。お母様が、バンドをやめるまで外には出さない、と言って……」

明治時代じゃあるまいし。

しばらく三人で思案に暮れた後、朱音が意気込んで言った。

「よし。放課後、家に押しかけよう」

「住所知ってんの？」

「うん。前にあたしのお古のシンセを宅配で送ったから」

家に押しかける……。凛子はそういう過干渉を嫌いそうな気がする。でも今回は緊急事態なのにおいがした。今日だってスタジオ練習があるのに、学校を休んでいて連絡もない、LINEに既読すらつかない、というのは変だ。

「行きましょう」と詩月もうなずいた。

放課後すぐ、三人で電車に乗った。

学校最寄りの駅から五つ目で下りる。朱音がスマホの地図とにらめっこしながら指さしたのは、駅にほど近い一等地にそびえる馬鹿でかいタワーマンションだった。四十階くらいはあるだろうか。見上げると反っくり返ってしまいそうだった。

エントランスは当然オートロックで、朱音はインタフォンに２５０３と部屋番号を打ち込んで呼び出した。

『……はい？』

女性の声が聞こえてくる。凛子じゃない。もっと歳上の——というかあの母親か？

「あのっ、凛ちゃ——凛子さんと同じクラスの者です」

朱音がインタフォンに顔を寄せてつっかえつっかえ言った。

「今日休んでて、連絡もつかなくて、どうしたのかなって心配でお見舞いにきました」

しばらく間があり、やがて女の声が返ってくる。

『凛子のお友達。わかりました。そちらに行きますのでちょっと待っていてください』

こっちに来る？　僕らを入れてくれるんじゃなくて？

一分ほどたって、エレベーターホールからロビーを横切ってこちらにやってくる女性の姿がガラス越しに見えた。自動ドアが開く。

凛子の母親だった。

「凛子がいつもお世話になってます。わざわざお見舞いに来てくれてありがとう」

冴島母は慇懃に言って小さく頭を下げた。その背後でドアが閉まる。僕らを中に入れてくれる気は毛頭なく、こんな場所で立ち話で追い返すつもりらしかった。

「今日は凛子が体調を崩してしまって、ずっと寝込んでいるの。みなさんが来たということだけ伝えておきますね」

「あの、凛子さんに逢わせていただきたいのですけれど。話したいことが」

詩月が一歩詰め寄って言った。冴島母は目を細めて素っ気なく答える。

「なにか言づてがあるのでしたら、どうぞ」

「いえ、ですから、凛子さんにお逢いして」

「だいぶ具合が悪いので今はちょっと」

「でも――」

押し問答の果てに、冴島母はふうっと強く息を吐き出し、表情を険しくした。

「……あなたたち、あの子とバンドをやっていた人でしょう？　動画で見ました」

口調も敵意丸出しのものに一変している。

「はっきり言っておきますけれど、凛子があなたたちに逢うことはもうありません。あの子は今の学校をやめさせますから」

ぞっとした。

詩月がいきり立って詰め寄る。

「どうしてですか！　そんなの凛子さんの意思じゃないでしょうっ？」

「我が家の問題ですから、あなた方には関係ありません」

「関係ありますっ、私たちはバンドメンバーです！」

冴島母は聞こえよがしにため息をついた。

「だから普通科なんかに通わせるのは嫌だったんです」

嫌悪感が口調ににじみ出ていた。

「あなた方にはわからないでしょうけれど、あの子のピアノはほんとうに特別なんです。プロになれる才能があった。一流のオーケストラとコンチェルトを演るのも夢じゃなかった。実際にそういう話もいくつも来ていたのよ。だからほんとうなら音楽科のある高校から音大に進ませるつもりだったの。でも……色々あって、本人がピアノをもうやりたくないと言って聞かなかったから、泣く泣く今の高校に入れたの」

冴島母の喋り方は、病的に熱っぽく、僕らに語っているというよりはひとりごとのように聞こえた。

「本人にやる気がないならしかたない、と思っていたのに……弾いているじゃない！　バンドなんかで！　信じられない。やる気がまだあるのなら音楽の道に進ませるわよ。いい？　あの子のピアノは高校のお遊びバンドなんかで浪費していい才能じゃないのよ」

言葉をぶつけられた僕らは三人とも、絶句して立ち尽くしていた。

「あの子にいま必要なのは才能に見合ったメンタルよ。心が弱いから、ちょっと一位を獲り逃したくらいでピアノをやめるなんて言い出すのよ。あんなんじゃ、いくら才能があってもプロではやっていけないわ。今度こそしっかりとピアノに向き合ってもらう。だからあなたたちも邪魔にならないよう、もうあの子には逢わないでほしい」

一方的にまくしたてた冴島母は、踵を返してロビーに入っていった。

唖然とする僕らの目の前でドアが閉まる。

最初に我に返ったのは朱音だった。

「――な、な、なにあれっ？」

インタフォンに駆け寄って再び部屋番号を打ち込もうとする朱音の肩を僕はつかんだ。乱暴に払いのけながら朱音は僕を振り返る。

「真琴ちゃんっ、あんなん言われて腹立たないのっ？」

「立つよ。めちゃくちゃ腹立ってるよ。でも今ここで騒いでてもしょうがないだろ。いったん帰ろう」

冷静ぶったことを朱音に言ってしまったけれど、実のところはあの母親の顔をもう一度見たら自分でもなにを言うかわからなくて怖かったのだ。それくらい僕は怒っていた。

あなた方にはわからないでしょうけれど、だって？

ふざけんな。凛子のピアノがどれだけ特別なものか、世界中のだれよりも僕が、真っ向から打ちのめされたこの僕が、理解しているんだ。

それを――

『お遊びバンドなんかで浪費していい才能じゃない』。

『今度こそしっかりとピアノに向き合ってもらう』。

あの母親が口にした言葉ひとつひとつ、思い返すたびに内臓がねじくれ返りそうなくらい腹立たしかった。こんなに怒ったのは生まれてはじめてだった。

絶対に凛子を取り戻してやる。

＊

勇ましく決意したはいいものの、実際にどうすれば凛子を取り戻せるのかは、皆目わからなかった。

詩月や朱音と別れて帰宅した僕は、自室のベッドの上で体育座りして思案に暮れる。

現実問題として、僕らは高校生だ。

親の扶養を受ける未成年であり、なおかつ義務教育がもう終わっている。親のサービスで高校に通わせてもらっているわけだから、親の一存で学校をやめさせられることも特段に不当な仕打ちではない。

……いやいや、そんな法律相談みたいなこと考えてる場合じゃないだろ。いま自分になにができるかを考えなきゃ。

まずは校長先生をしっかり味方につけることか。こんな時期にいきなり退学するなんて言い出したら教員側は絶対に慰留するだろうから、そのときには校長先生が矢面に立って凜子の母親に抗戦してもらわなきゃいけない。あとは……音楽教師にも凜子がいかに授業でピアノ弾きとしての腕を発揮して役に立っているかアピールしてもらうとか？　華園先生がいないのは残念だけれど、新任の小森先生も凜子には世話になりまくっているはずだし。

しかし、考えれば考えるほど馬鹿馬鹿しくなってくる。

親の判断で勝手に退学？　しかもこんな二学期始まったばかりの時期に、音楽科のある高校に転入させる？　そんな話が通るわけねえだろ！　頭を冷やせ！　とあのおばさんを怒鳴りつけてやりたかった。くそ、やっぱりあのときおばさんの脇を走り抜けてロビーに駆け込んでエレベーターに飛び乗って二十五階まで上がって２５０３号室のドアを蹴破って凜子を外に連れ出すべきだったんじゃないのか？

想像の中でなら、いくらでも大胆なことができた。

現実の僕にできるのは、ベッドの上で膝を抱えることだけだ。

気づけば部屋の中は真っ暗だった。

時刻を見ると、二十三時を過ぎている。腹がきゅううううっと鳴った。帰宅してからなにも食べていない。おかしいな、夕食だって呼びに来てもくれないなんて。

居間に行くと、パジャマ姿でバスタオルを頭からかぶった風呂上がりの姉と遭遇した。

「あんたの夕食？　ないよ。呼んだけど返事なかったから私の分だけ買ってきて食べた。寝てたんでしょ？」

見れば、テーブルの上にはコンビニ惣菜の空き容器がいくつか並んでいる。呼ばれた記憶はなかったけれど、考え事をしていたせいで気づかなかったのか。

「……って、母さんたちは？」

「今日は金曜でしょ」

「あ……」

新学期始まってすぐなので、曜日の感覚が取り戻せていないままだった。そうか、今日はもう週末か。うちの両親は五十近いというのに異様に夫婦仲が良く、夫婦の時間を大切にする、とか言って金曜夜はよく子供二人を放置して飲みに行ってしまうのだ。

食事を用意してくれる人がいない。

冷蔵庫もほとんど空っぽだった。

僕はしかたなく財布をポケットに突っ込んで家を出た。

マンションのすぐ目の前の街路樹の陰に、だれかがじっと立っているのを見つけて僕はぎょっとして立ちすくんだ。街灯の光も葉で遮られ、姿はよく見えない。

「……ああ、村瀬くん。よかった」

I LOVE PIANO

僕は唖然として固まった。

光の下に出てきたその人物は、凛子だった。Tシャツにショートパンツという、部屋着のまま ひょいっと飛び出してきたみたいなかっこうだ。

「スマホもないし、どうやって連絡取ろうかと思ってた。出てきてくれなかったら一晩中ここで待ちぼうけしていたかも。泊めてくれる？」

「……へっ？」

「家出してきたの。泊めてくれる？」

2　手のひらの中のオーケストラ

凛子もやはり夕食を摂っていないというので、二人でコンビニに赴いて食糧品を買い込んでから僕の部屋にこっそり戻った。姉は自室に引っ込んでおり、両親もまだ帰ってきていなかったので、だれにも気づかれずに凛子を僕の部屋に招き入れることができた。

「ふうん。だいたい想像どおりの部屋。楽器と楽譜で足の踏み場もない」

狭い室内を見回して凛子は言う。

「これじゃわたしがベッドで寝たら村瀬くんの寝る場所がない。ピアノの下?」

「いやおまえがピアノの下で寝ろよ。だれの部屋だと思ってるんだよ。じゃなくて!」

凛子があまりにも平然としているものだから、このタイミングまで詰問する機会がなかった僕である。

「なんで泊まりにきてんのっ?」

「大きな声出さないで。お姉さんがいるんでしょう?」

「あ……ごめん」これじゃどっちが家主だかわからない。

「母と喧嘩して家出してきたのだけれど、スマホを取り上げられてしまっているので、だれとも連絡取れなかったの」

「そりゃ……大変だったね」

「それで家出して転がり込むとなると事情を理解しているバンドメンバーの家しかないわけなのだけれど、詩月の家はお金持ちだから警備員とかいるかもしれないし。朱音はこの間まで不登校児だったくらいだから親の目が厳しそう。ということで村瀬くんに決定」

「え……なにその勝手な決めつけからの消去法……」

「迷惑なのはわかってる。でも他に頼る人がいなかったの」

くそ！　ずるいぞ、こんなときだけしおらしくなりやがって！

「出ていけというなら、しかたないから公園のトイレで朝を待つことにする」

「わかったよ！　いていいよ！」

「そう？　ありがとう」

凛子はにこりともせずに言った。

「それじゃ、ベッドは譲れないようなので寝床を作らなきゃ。毛布も借りていい？　椅子とアンプとキーボードスタンドの間に、なんとか人ひとりぶんが横になれるくらいの空間が確保できそう。少々幅が心許ないけれど村瀬くんも知っての通りわたしは胸が薄いから大丈夫」

「ベッドも使っていいよ！」

「そう？　ありがとう」

　完全に流れを握られてベッドにまで上がられてしまった。

　こいつ、なに考えてるんだ？　こんな時刻に、男の部屋だぞ？　僕ならなにもしないだろうと高をくってるんだろうけど（そしてその通りだけど）。信頼してくれている、と考え方を変えればちょっとはましな気分になるが、しかし。

　なにもしなくても、意識はしてしまうのだが？

　僕の抱えたもやもやを知ってか知らずか、凛子はコンビニの袋の中身をテーブルに広げる。僕らは味気ない夕食を黙々と摂った。

「……それで、今日、学校休んだだろ」

　食べ終えた僕はおそるおそる切り出す。

「心配になって、詩月と朱音と三人で凛子の家まで行ったんだ」

「ああ、うん。後で聞いた。わたしそのとき母とひとしきり喧嘩した直後で部屋にこもって爆音で人間椅子を聴いてたから気づかなくて」

　こいつの音楽の趣味がいまいちわからん……。ひょっとして僕より趣味広いのでは？

「なんですぐに教えてくれなかったの、って母とまた喧嘩した」

「喧嘩する凛子って全然想像つかないな……」

「ふだん村瀬くんを貶めてるときとあまり変わらない。ただやさしさが全抜きされるだけ」

「ふだんやさしさなんてあったのかよっ？　なにその『気づいてもらえなくてショック』みた

いな顔？　こっちがショックなんだけど？」

「母もそんなふうに真っ向から言い返してくれればいいのだけれど、わたしの話なんてまるで聞かずに言いたいことを並べるだけで」

変なところで比較対象に持ち出さないでほしかった。

「……ええと、学校やめさせる話？」

「そう。しかも今から音楽科のあるところに入れるって。無理にきまってるのに」

「無理だよね、そりゃ」

「もちろんわたしが本気を出せばわりと簡単だけど」

「簡単なのっ？　どっちなんだよ」

凛子は肩をすくめる。

「母もなんの心当たりもなくあんなことを言い出したわけじゃない。いくつかコネがあるの。それにわたしも入試受けする弾き方は心得ているし、その気になれば受かる」

まともな時期にまともにがんばって入学した生徒が聞いたら怒りそうだ。

「でもその気がない。音楽科なんて行きたくない。だから無理、ということ」

そりゃそうだ。どれだけ技術があろうが、本人に受かる気がないなら必ず落ちる。

「それ正直にお母さんに言えばいいんじゃないの」

「言った。そしたら、やる気出さないのが悪い、って。まったく話が通じない」

凛子はため息をつく。僕もそれにならうしかない。

どうにも、調子が狂う。

母親と喧嘩して家を飛び出してくる、というのがすでに凛子らしくない。もっと超然としていて、相手が親だろうが辛辣な論陣を張って徹底的にやり込める——そういう女じゃなかったか。

今の凛子は、口ぶりこそ普段通りっぽいけれど、いまいち覇気がない。こんな凛子ははじめて見るので、どう接したらいいのかわからない。

ましてやあんな面倒そうな家庭の問題なんて。

それでも、なにか糸口はないかと考える。

「一度ピアノやめてるんだよね？　そのときはどうやってお母さんをあきらめさせたの」

訊ねると、凛子は言いにくそうに答えた。

「ほんとうにピアノに指一本触れないようにしたし、ピアノ曲がかかったら吐いたりしてた。中学の音楽の授業は毎回保健室に逃げ込んだ。さすがに母にも効いたみたい」

「ああ、うん、そこまでやればね……」

ピアノを生活から完全にシャットアウトする。

母親をあきらめさせるための演技——という面もあったのだろうけれど、半ば本気でもあったのだろう。僕と出逢ったばかりの頃、凛子はたしかに、ピアノを憎んでいた。

でも、今は――

「今は、同じことはできない」と凛子は膝を抱えてつぶやく。「バンドがあるから。ピアノを完全に切り離すなんて、無理」

そう言ってくれたことは、ひそかに嬉しかった。

でも、だからこそ、凛子の母親もまた娘のピアノへの執着を捨てられなくなったのだろう。プレイを見ればわかる。音楽への熱が、凛子の中で失われずに燃え続けていたこと。

「ピアノを習っていた頃に……なまじ結果をそこそこ出してしまったせいで、母もあきらめきれないんだと思う」

「なんか、プロのオケとコンチェルトを演る話が来てた、みたいなこと言ってたけど」

凛子は渋い顔でうなずく。

「小学生の頃、テレビ局経由でそういう話があったみたい。コンクールに出るたびに優勝してた時期。わたしは、ほら、年齢的にもルックス的にも商品価値があると思われたんでしょ」

自分で言っちゃうところがすごい。わかるけどさ。

「それだけじゃないだろ。ピアニストとしても認めてもらってたってことじゃないの」

僕の言葉に、凛子は唇を引き絞って首を振った。

「ピアニストじゃない」

「……え？」

「わたしはピアニストなんかじゃなかった。ただのコンクール荒らし」

意味がよくわからなかった。だって、あれだけ上手く弾けるじゃないか。

凛子は、すぐそばにあった僕の電子ピアノの鍵盤に指を這わせてつぶやく。

「ピアニスト、というのは、特別な言葉なの。上手い下手なんて関係ない。どれだけ上手く弾きこなせても、どれだけ立派なホールの舞台でも、その音が審査員のボールペンにしか届かないなら、ただ指が回っているだけ。どれだけ下手でも、道ばたでゴミみたいな調律のおかしいピアノを弾いていても、だれかの心に届くなら、その人はピアニスト」

どれだけ安物のシンセでも。

泥と苔で汚れたコンクリートの上でも。

届くなら――

僕は立ち上がり、ノートPCを開いた。隣室の姉に聞こえないように、でも凛子にはちゃんと聞こえるように、慎重に音量を絞る。

ブラウザを起動してブックマークをクリックした。

デスクトップスピーカーからこぼれ落ちる、歓声と足踏みと拍手。その合間にちかちかと瞬く、歪ませたローズピアノのスタッカート。

凛子は顔を上げた。

あのフェスの録画だ。僕らの六曲目、凛子のソロから走り出すハイテンポナンバー。昂ぶった観客たちの振り上げる手で、ステージはほとんど見えない。ときおりPRSのボディが照明を跳ね返して目を刺すばかりだ。

見えなくても、わかる。そこにいる。

会場すべての呼吸と鼓動をかき集めて鍵盤の上で混ぜ合わせて熱狂に変えてばらまいている、魔性の存在感。

「それなら、今の凛子は」

僕は彼女の指先を見つめて言った。

「ピアニストだよね」

でも、彼女自身の音も、僕の言葉も、届かなかった。一曲が終わって嵐のような喝采が歌の余韻を呑み込んでしまってから、凛子は小さく首を振った。

「……どうだろう。わからない。このステージは、わたしが主役というわけではなかったし。バンドのエネルギーがものすごいから、自分の力だと勘違いしてしまいそうになるけれど」

バンドの力はきみの力なんだよ。アンサンブルは足し算じゃなくて掛け算なんだ。主役が何割で脇役が残りの何割、みたいなつまらない勘定にはならないんだ。……と言おうとしたけれどうまく言葉にできなかった。

たぶん凛子も頭ではわかっている。だから説明したところで意味はない。

主役。

凛子が主役のステージ。

ふと思いつき、僕は口を開いた。

「……あのさ、クラシック自体が嫌いになったわけじゃないんだよね？」

凛子はじっと僕を見つめ返してきた。目に戸惑いの色がある。僕は付け加える。

「音楽科に転校したくないだけだよね？　これからロックしか演らない、ってわけじゃ」

「もちろん」と凛子は両腕に顔の下半分をうずめたままうなずく。「ショパンも、リストも、シューマンも、スクリャービンも、今でも好き。ちゃんと練習も続けてる」

「いつかステージの上でまた演りたい、とか思ってたり……？」

「独奏は……もう、そういう気持ちはない。バンドがすごく楽しかったから、ステージに立つならだれかと一緒がいい」

「そっか。……じゃあ、たとえばコンチェルトは？　演れるなら演ってみたい？　それともお母さんがひとりで盛り上がってるだけ？」

凛子の肩が少し動いた。たぶん苦笑したのだ。

「そんな機会があるなら。……でも、母とちがってわたしはそんな夢をいつまでも――」

「夢じゃないよ。演ろう」

彼女の瞳は深い森の中にいるままだった。僕は続けた。

「クラシックの曲をずっと練習してるだけなら、お母さんも文句言わないだろ。バンドの練習も出ないようにして。しばらくコンチェルトの練習に集中する」

「それは……そうかもしれないけれど、でも……」

「根本的解決にはならないよ。でも時間稼ぎになる。お母さんも頭に血が上って暴走してるだけだよ、たぶん。とりあえずごまかして、はぐらかして、スマホも返してもらって、今までの生活になんとか戻してもらえば……あとは、まあ、なんとかなるんじゃ……」

じっと僕の口元に視線を注いで聞き入っていた凛子が、やがて唇を曲げた。

「……ねえ、村瀬くん。まるでわたしの問題をなんとかするため、みたいな体で言っているけれど、ほんとうの理由は半分くらい、ただわたしのコンチェルトが聴きたいだけでしょう？」

「うぐっ……」

ばれてた。ばれるか。ばれるよな。無理筋にもほどがあったし。

「……うん、まあ、半分以上っていうか八割方……」

僕は正直に言った。

「でも、そんなに悪い案でもないと思うんだけど……」

声はどんどん弱々しくなる。

凛子は今度こそはっきりと笑った。

「村瀬くん。あなたのそういうところが」

ごめんなさい、と先んじて謝ってしまおうかと思った。でも凛子はこう続けた。

「わたしは大好き」

僕はぽかんとなり、それから急激に照れくさくなって横を向いた。

「……いや、はあ。……怒らせたんじゃないなら、よかった」

「その反応は20点」

「僕になにを求めてんだよっ？」

「でも実際どうするの？　コンチェルトなんて、そう簡単には」

話を戻してくれたので僕はほっとした。ノートＰＣを凛子のそばまで持っていく。

「もちろんオーケストラパートをバンド用にアレンジするんだよ」

「そんなこと――できるの？　曲が台無しになるんじゃないの」

「できるよ。ロックの歴史をなめんなよ、クラシック漬けのお嬢様」

冗談めかして言った。でも凛子は笑ってくれなかった。不安そうに唇をすぼめただけだ。

僕はあわてて、さらに口調をわざとらしく明るくして続けた。

「とにかく大事なのは曲選び。凛子が演りたいやつで、ぴったりくるのを探さなきゃ」

イヤフォンをＰＣにつなぎ、イヤーピースの片方を凛子に渡し、もう片方を自分の耳に差し込んだ。

そこからの一時間は、幸せだった。

ありとあらゆるピアノ協奏曲を検索し、試聴し、ときには凛子が僕の電子ピアノでひとしき

I LOVE PIA

り弾いてみせ、これはちがう、これは無理、こっちはいけそう、同じ作者の他のやつはどうだろう、こんなすごいのがあった、と話し合いながら、音楽の歴史の広大な海を手探りで泳ぎ進んでいく。

やがて僕は、たどり着く。

「……これ、じゃないかな」

汗ばんだ額を寄せ合い、確認する。

「……これ、聴きたい？」と凛子はPCの液晶画面に指を滑らせる。

「うん。絶対に映えるよ」

「でもこれ、ものすごく難しいと思うのだけれど」

「覚悟の上だよ」と僕は精一杯の虚勢を張った。内心、立ちはだかる壁の高さにかなり怖じ気づいていた。でも大丈夫。僕以外の二人が頼りになるから。たぶん。

「わかった」

だいぶ間を置いてから凛子は小さくつぶやいた。

「やってみる」

話が決まってしまうと、安堵で身も心もゆるみ、疲労が一気にあふれ出てきた。時刻を見ると、もう終電もなくなっている。

終電も――なくなっている……。

凛子が、ため息とあまり区別のつかないあくびをした。

「……じゃあ、ほんとうはシャワーも借りたいところだけれどそうもいかないでしょうし、このまま寝ましょう」

「え？　あ、い、いや、……」

たしかに泊めるって言っちゃいましたよ？　勢いでね？　でも実際に女の子が自分のベッドに横になるところを目撃すると意識が昂ぶって寝るどころじゃなくなるんですけど？

「どうしたの？　電気消さないの？　ああ、やっぱりベッドを使いたい？　それなら今日はとてもお世話になったし隣に来てもいいけど」

「な、な、なに言ってんだよっ？」

声が裏返った。

そのとき、僕のスマホが震える。比喩ではなく僕は跳び上がった。

詩月からの着信だった。

「……はい」

『――ああ、真琴さん？　こんな夜分遅くにほんとうに申し訳ありません、でも、凛子さんがいなくなったとお母様から連絡が、あの、お母様たいへん取り乱していて、私か朱音さんが匿っているのだと決めつけて――』

僕は天を仰いだ。

「凜子ならここにいるけど」

電話の向こうでなにかものすごい音がした。

「……詩月っ？　大丈夫、なにがあったの」

荒い吐息が聞こえてくる。

『……い、いえ、なんでもありません、驚きのあまり高さ三メートルのぬいぐるみピラミッドが崩壊しただけで』

おまえの部屋どうなってんの？

『凜子さんが、そ、そちらに？　その、真琴さん今ご自宅ですよねっ？　それとも』

「ああ、うん、家にいる。凜子も一緒。話すと長く――」

またものすごい音がして僕は思わずスマホから耳を離した。

「今度はどうしたの、大丈夫？」

『……い、いえ、なんでもありません、ショックのあまり私も崩壊しただけで』

なんでもなくなくない？

『そっ、それで一体お二人はどこまで行ってしまったのですかっ』

「だからどこにも行ってないって、僕の部屋にいるって言っただろ」

『そういう意味ではなくっ』

わけのわからん会話をしていると凜子が僕の肩をつついた。

「だれ？　詩月？」

どうやらあまりに素っ頓狂な声だったので漏れ聞こえていたようだった。僕は凛子の母親が家出に気づいて捜しているということを伝えた。凛子は肩を落として嘆息した。

「残念。ふさぎこんで部屋に閉じこもったふりをしてこっそり出てきたのだけれど、思ったより早くばれてしまった」

そりゃばれるだろ。トイレにさえ出てこないとなるとさすがに怪しむだろうし。

「貸して。わたしが詩月と直接話した方が早いでしょ」

その通りだと思ってスマホを渡してしまったのが間違いだった。

「……あ、詩月？　わたし。……うん、そう。村瀬くんの部屋。……ううん、ベッドの上。村瀬くんには一緒にベッドで寝ようかって提案したけどすげなく断られたから安心して」

「話ややこしくしてないッ？」

スマホを奪い返そうとした僕の手をひらひらかわしながら凛子は通話を続ける。

「……そう。心配かけてごめんなさい。……うん、大丈夫。……ありがとう。それじゃあ村瀬くんに替わるから」

受け取って耳にあてると詩月のぜいぜいという息づかいが聞こえてくる。

『今回はっ、特別に不問にして差し上げますけれどもっ！　凛子さんもネットカフェで一晩過ごすようだとかなんとかお母様に嘘を伝えてごまかしておきますけれどもっ』

「ああ、うん、ありがとう、手間かけてほんとごめん……」

僕が謝る筋合いはない気がしたが詩月のあまりの剣幕に謝罪の言葉が勝手に口をついて出てきてしまった。

「それで、こんなときに言うのもあれなんだけど、次のライヴ、なるべく早めにやろうって決めたんだ。できれば今月中」

『どうしてそんな大事な話をこんな電話で言うんですかっ』

おっしゃるとおりでございます。

「でも早めに知らせておきたくてさ。ええと、ちょっと特殊なコンセプトのライヴで——」

ピアノ協奏曲をバンドアレンジで、と詳細を話すと、詩月は早口で言った。

『とっても楽しみです！　楽しみすぎてどきどきむかむかいらいらぷりぷりしてます！』

……まだ怒ってるんじゃん……。

『この埋め合わせとして、今度私も真琴さんのお部屋にお邪魔させていただきますから！』

いや埋め合わせとか意味わからん。僕はなにも迷惑かけてないだろ。あと部屋に来るのはやめてほしい。ぐっちゃぐちゃだから見られるのが恥ずかしい。

では私は明日早くからお稽古がありますので、と言って詩月は電話を切った。

でも、その長い長い夜はまだ終わらなかった。どっと疲れが出てきてさすがに寝るかと思ったところで再びスマホが震えたのだ。

『真琴ちゃんっ？　しづちゃんに聞いたよ、凛ちゃんそっち泊まってるんだってっ？』

朱音だった。僕はもう真剣にスマホを冷蔵庫に放り込もうかと思った。

「……うん、まあ、色々あってね……」

ほんとうに色々あったので、色々あった、で説明を済ませてさっさと寝たかった。でも朱音は許してくれなかった。

『ずるいよ、あたしも真琴ちゃんの部屋入り浸りたい！　うらやましい！』

なにがうらやましいんだ。あとべつに凛子も入り浸ってないです。今日がはじめて。

『しかたがないから遠隔でパジャマパーティしようか！　ぜったいに寝ちゃだめだからね、朝までおしゃべりしよう！』

勘弁してくれ、と思いつつも、朱音にだけ知らせないのもどうかと思ってライヴ開催決定の話を伝えると、案の定めちゃくちゃ興奮して電話口の向こうで跳び回るのがわかった。それから朱音はノンストップで喋り続けた。凛子は僕のベッドでぐったりと横になって目を閉じていた。おいふざけんな、だれのせいでこんな目に遭ってると思ってんだ！

でも、僕はそのときもっと気をつけるべきだった。

深夜に僕の部屋に転がり込んでいるところに詩月と朱音から相次いで電話がかかってくるなんていう面白シチュエーションなのに、凛子があっさりと話を済ませて寝てしまうなんておかしかった。

すぐ謝ったり、すぐ感謝したり、「やってみる」なんて言葉が出てきたり。

その夜の凛子はとにかく弱々しかった。

やがて彼女は寝返りを打ち、僕に背中を向けてしまう。

僕がもう少し注意深ければ、そのときの凛子の背中がかすかに震えているのに気づけただろう。大切なことはいつも後になってから苦く思い出すばかりなのだ。

＊

チケットは、即日完売だった。

「全っ然おもしろくない！」

朱音はその結果を見て憤慨した。

「アマチュアバンドの自主企画！　しかもワンマン！　おまけに箱キャパ五百！　そんな無茶なライヴが、ネット告知だけで完売なんて！」

「なにが不満なんだよ。ありがたいことじゃないか」

「アマのライヴっていったらチケットノルマきつくて知り合いに声かけまくっても十枚も捌けなくて残りは自腹でひいひい言うのがみんな通る道でしょ！　うちのバンドは恵まれすぎてるよ、こんな苦労知らずじゃ後々たいへんなことになるよっ？」

「苦労はないならないでいいだろ……」

「まあ、あたしもヘルプばっかりだったから自分でチケット捌いたことなんてないんだけど」

今のえらそうな説教はなんだったんだよ？

「真琴ちゃんは不安じゃなかったの？　あたしはけっこう売れ残るの覚悟してたけど」

「不安だったよ、そりゃ。演目がマニアックすぎるし」

手元のチラシに目を落とす。

パラダイス・ノイズ・オーケストラ初単独ライヴ、という題字の下に、でかでかとこう書かれている。

プロコフィエフ　ピアノ協奏曲第二番ト短調

見た人はみんな、なんだこりゃと思ったにちがいない。

僕らのリスナーの中でこの曲を知っている人なんてほぼいないだろう。事前に公表するかどうか少々迷った。

でも、ご機嫌なロックナンバーと甘いバラードだけを期待して足を運んでくれたお客さんになにも言わずにプロコフィエフをぶつけるのもどうかと思ったので、けっきょく告知に明記することにしたのだ。

動画サイトやフェスで僕らを知った人からすれば、得体の知れないクラシックの曲なんて演るなら行かなくていいや、となるだろうから、最悪チケットは一枚も売れないかもしれない、とまで危惧していた。

蓋を開けてみればこの結果だ。

「私たち、ほんとうに人気あったんですね……」

スマホの画面をスライドさせながら詩月が感慨深げにつぶやく。

「転売屋まで出てきてるみたいなんですけれど、全然対策してませんでしたね」

「そんなとこまで気を回す余裕なかったよ」

僕はくたびれきってかぶりを振り、ライヴ開催を決めてからの日々を思い返す。

凛子の家出事件から、一週間。

彼女はあの翌朝に帰宅し、バンドの練習にはもう出ない、クラシックに復帰する、と母親に告げて、偽りの和解に到り、これまで通りの平穏な生活を取り戻した。

代わりに、というのも変な話だが、僕の方の生活がぐっちゃぐちゃになった。あまりにもやることが多かったからだ。

まず会場探し。グランドピアノが置いてあるホールというのは限られている。結果、かなり大きめの箱になってしまった。それからチケットの手配と告知、舞い込んできたネットメディアからの取材への対応……。

そしてもちろん、演奏自体の準備。

日常生活にしわ寄せがいき、授業中はほとんど寝ていた。

「だからうちのライヴスペースでやればいいのに。販促とかもみんな私が請け負ったのに」

カウンターの向こうで僕らの様子を見ていた黒川さんが言う。

彼女は、僕らが毎回の練習で使っているこの音楽スタジオ『ムーン・エコー』の若きオーナーだ。なにかと世話になっている人なので、できればライヴもここで開催して売り上げと集客に貢献したかった。でも今回ばかりは、どうしてもグランドピアノが必要だったのだ。

「グランドピアノねえ。どういうライヴにすんのかは知らないけど」

黒川さんは眠たげに言う。

「肝心のピアニストちゃんが最近全然来ないじゃん。どうしたの？　抜けたの？」

「いやいや。抜けてないですよ。ちょっと事情があってしばらく練習に参加できないだけで、今日から普通に――」

そのときちょうどスマホの通知音が鳴った。僕ら三人全員のが同時に、だ。

凛子からのＬＩＮＥメッセージだった。

『母がいきなり新しいピアノ教師を見つけてきたと言って』

『今日これから面談』

『断ると怪しまれる。というかもう怪しまれてるかも』

『今日の練習行けない。ごめんなさい』

僕ら三人、顔を上げるのまで同時だった。

詩月は泣きそうな顔で、朱音はむっとして唇をすぼめていた。

「……リハできるの、あと二回くらいですよね……？」と詩月がつぶやく。

僕は力なくうなずいた。

僕らは親の金で高校に通わせてもらっている学生で、人生のすべてを音楽に費やしていい身分ではない。来週には実力診断テストもある。アレンジを作り込むのにだいぶ時間がかかったのもあって、練習時間があまりとれなかった。

まだ凛子と一度も音を合わせていない。

「……大丈夫だよ、一回でも合わせられればお互い感覚をつかめると思うから」

僕は無根拠に慰めごとを口にした。

お互いの練習を録音して、それに合わせての演奏ならば何度もやっているので、曲の流れはもう把握できる。

でも、生きたプレイを走らせられるかは別問題だ。

「本番でも……こんなことになったり、しないよね……？」

朱音が不吉なことを言った。自分でも縁起でもないと思ったのか、すぐに両手で口を塞いで僕と詩月に申し訳なさそうな視線を走らせる。

哀しいことに、その嫌な予感は的中してしまう。

＊

会場は、都心にある、プロもよく使う中規模ライヴハウスだった。

八月のフェスの会場ほどではないけれど、かなり広い。ステージ設営中ですでにそう感じるのだから、本番が始まったらもっとだろう。照明の落とされた客席をステージ上から見渡すと夜の海みたいに見えるのだ。

「ＰＮＯさん、サウンドチェック始めたいんですが」

ＰＡブースのスタッフが僕にそう声をかけてくる。

「普段やらないセッティングなんでこちらもかなり時間かかっちゃいそうなんですけど、ピアノの人……まだ来てないんですか？」

スタッフの視線は僕からその隣の詩月、さらにその背後の朱音に渡り、僕に戻ってくる。

僕は目をそらして曖昧に答えた。

「……はい。あの、ちょっと遅れてるみたいで。サウンドチェックは三人でやります」

凛子が、来ていない。

けっきょく一度も彼女と合わせ練習をできないまま、ライヴ当日を迎えてしまった。

凛子の母親は娘がバンドを断念していないことに勘づいていたらしく、毎日学校に車で凛子を送迎するという徹底っぷりだった。ストーカーじみた執念で監視を続けられては、目を盗んでスタジオに一緒に行くのは難しかった。

ワンマンなので本番前リハーサルもかなり余裕をもって時間をとれる。だからここで最初で最後の合わせ練習をして、なんとか間に合わせるつもりだったのに。

ひたひたと悪寒が胃袋の裏側あたりを這い上ってくる。

スマホをまた確認する。着信もないし、LINEに既読もついていない。

腹にわだかまっていたものが少しずつ憤りに変わっていく。

来ないのか。またスマホを母親に取り上げられたのか？　家から出るなとでも言われたのか。なんなんだ。いくら親だからってそんなことする権利ないだろう。

PNOさーん、お願いしまーす、というスタッフの声が聞こえた。僕らはステージに上がりサウンドチェックを始めた。PAの指示に従って音出しをしながら、十五秒に一回くらい出入り口をちらちらと見た。

通しのリハーサルを始める段になっても凛子は現れなかった。

「……来なかったら……」

朱音がマイクスタンドの高さを調節しながら言いにくそうに言った。

「曲目をちょっといじらないとね」

僕は詩月をちらと見やり、うなずいた。

凛子がいなくても、違和感なく演奏が成り立つ。

ちょっといじるだけでいいのだ。できてしまうのだ。すでに確認してある。僕らのバンドは凛子がいなくても、違和感なく演奏が成り立つ。

それを客に聴かせたくはなかった。たぶん客は喜んでくれるだろう。そんなむなしい拍手と歓声を浴びたくもなかった。でも、高いチケットを買って貴重な休日の午後の時間を割いて会場まで来てくれるのだ。演らないわけにはいかない。

凛子の家まで迎えに行くか、という考えがちらと頭をかすめる。だめだ、もう時間がない。そんなことをしていたらリハーサルができないし、リハが終わってからだと開演時間に間に合わないだろう。往復で一時間くらいかかるのだ。

じりじりとした時間を、時計の針がすり潰していく。

詩月も朱音も、リハーサルの間ほとんど言葉を発しなかった。歌もなく、ただ演奏を確認するだけ。口を開いたら、僕らのバンドにつけられた傷口も大きく開いて、止めようもなく血があふれ出ていってしまう気がしたのだ。

控え室に戻ってすぐに、オープンします、というスタッフの大声が壁越しに聞こえた。

気圧が変わった気がした。

大勢の足音と話し声がホールに流れ込んでくるのがわかった。凛子がいないまま、もう開場を迎えてしまった。あと三十分でライヴが始まる。

不安と焦燥は腹の底で凝り固まっていた。

僕らの初ワンマンが、なんでこんなことになっちゃったんだ。

あの母親にはたしかに腹が立った。でもいちばん腹立たしいのは凛子だ。親になにを言われようが、きっぱり断ってバンドを優先することはできたはずだ。母親が学校に車で迎えに来たときも、ドアを蹴っ飛ばして僕らと一緒に駅へ向かって走ればよかっただけの話だ。銃を突きつけられたわけでもないしスタンガン食らわされて縛り上げられたわけでもない。なにをびってたんだ？

そう、びびっていた。

思い返してみれば凛子はずっと怖がっていた。

腹にたまったものが凍りついて尖り、僕を内側から刺した。ぞっとした。

二人で過ごしたあの夜、僕が抱いた違和感。

凛子がおかしい、凛子はそんな気弱なやつじゃない、凛子ならもっと強い、凛子なら親も言い負かせるはず――。

そんなの、僕の勝手な決めつけじゃないか。彼女のなにを知っているっていうんだ？

実際に凛子は一度折れて、壊れて、舞台を降りているのだ。たぶんそのときにも母親から心ない言葉を投げつけられているはずだ。傷つかなかったわけがない。

それなのに僕は、ひとりで勝手に戦え、とばかりに放り出して――

ポケットでスマホが震えた。

僕は衝かれたように立ち上がってスマホを取り出す。詩月も朱音も腰を浮かせている。

凛子からの着信だ。

「今どこ？　もう開場――」

口走った僕を遮って電話口の向こうから聞こえてくるのは、中年女性の声だ。

『バンドメンバーの方ね？　あのときの子？』

一瞬、天地の感覚すら消え失せた。凛子じゃない。母親だ。

『今日コンサートをやるつもりだったのね？　凛子は行きません。もうバンドはやらせないと言ったはずです』

汚泥がせりあがってきて足首、膝、腰を呑み込んでいくような錯覚にとらわれる。

またスマホを取り上げられていたのか。凛子はどうしているんだ、部屋に閉じこもっているのか？　それとも閉じ込められている？　あと三十分しかない。もう間に合わない。膝を抱えて自分を責めているのか。とにかく僕らのコンチェルトは壊れてしまった。でも、もし電話口の近くにいるなら。ありったけの声なら、あるいは。なにを叫べばいい？　ひょっとしたらこれが僕らの間の最後の言葉になるかもしれない。だから、責めるのでもなく謝るのでもなく懇願でも慰めでも憐憫でもなく――

「――凛子ッ！　聞こえてるか！」

思考を引きちぎって声が喉から飛び出た。

「僕があの曲を選んだほんとの理由はッ」

なにを言っているんだろう、と自分でも思う。でも形にしてしまった今、これがほんとうに凜子に伝えたかったことだとわかる。僕がプロコフィエフの第二番を選んだ理由。

「イントロがピツィカートのユニゾンで始まるからで――」

耳の中でなにか大切なものがぶつりと断ち切られる感覚があった。

通話は途絶えていた。僕は脱力して手を下ろし、黙り込んだスマホの画面をしばらくじっと見つめていた。

行き場を失った僕の言葉は、唇の数センチ先で枯れ、萎れ、塵に変わる。

詩月も朱音も、一言もない。

ドアにノックの音があり、スタッフの一人が顔を出した。

「……あの、ピアノの人……来られないんですか？」

トラブルの気配を察したのだろう。こちらとしても、もうごまかし続けるわけにはいかなくなっていた。

「……はい。すみません。……あ、あの、でも、ライヴは三人でできますから。ちょっと曲目を変更します」

ＰＡや照明の人にも伝えなければいけない。僕はうなだれて、スタッフと一緒に控え室を出た。すでにホールを埋めている客の熱気まみれの息づかいが壁からしみ出してきているみたいに感じられた。

ピアノの黒い光沢がこんなにもよそよそしく冷たく感じられたのは、その日がはじめてだった。側面がフットライトを潰れた芋虫みたいな形にして照り返している。

配信始めます、というスタッフの声が遠く聞こえた。

今日のライヴはネットで実況配信されるのだ。僕はふと思いつき、スマホを取り出し、凛子のLINEアカウントに配信のURLを送った。

せめて、観ていてくれれば。

でも、すぐに絶望が寄せ返してくる。

凛子のスマホはたぶんまた母親に取り上げられたのだ。さっき母親が凛子の番号からかけてきたんだから、そういうことだ。

届かない。ネット越しですら、僕らはもうつながれない。

ステージ袖の暗がりで、背後を振り返る。小さな二つの影がしゃがみ込んで息を殺している。四つの目の光が僕を見つめ返してくる。詩月と朱音だ。そのさらに後ろでスタッフが手を小さく挙げ、小声で合図した。

「時間です」

もう、バンドメンバー二人と言葉や視線を交わすのも苦痛だった。そこにいないもう一人の存在をどうしても思い知らされてしまう。だから僕は無言でステージに向かった。

光の下に出た瞬間、右手側からすさまじい歓声が吹き寄せてきて足がすくんだ。

フェスのときよりもはるかに客席が近い。客たちとステージを隔てるものも、わずかな段差と足下に並んだモニタスピーカーだけだ。比喩じゃなく、手を伸ばせば触れあえる距離。そこに数百人がひしめいている。まだ夏が終わっていないことを強く感じさせる剝き出しの肩や首筋に汗が光っている。僕に続いて詩月が現れると歓声は倍くらいに膨らみ、朱音の登場に到ってはホールの天井が崩れるのではないかと心配になるほどの轟音になる。

客席に向かって笑いかけようとするのだけれど、うまくいかない。

さっきまでの圧し潰されそうな無表情が嘘みたいにオーディエンスに向かって愛想良く手を振っている朱音はほんとうにすごいと思う。

僕は自分のプレシジョンベースを取り上げて肩にかけ、ゆっくりと時間をかけてチューニングをする。つらい現実を直視しなければいけない瞬間をなるべく先延ばしするように。

でも、会場の空気に充満する期待と興奮は、僕や朱音が弦をひとつ爪弾くたびに熱され、泡立ち、肺が灼けそうなほどになる。

チューニングを終え、もう逃げ場のなくなった僕は、ステージ中央のグランドピアノにそっと目をやる。

主役だったのに、もう使われることもない。葬式の棺みたいにど真ん中で注目を浴びながら黙ってうずくまっていなきゃいけない。つらいだろうな。楽器なのに、コンサートの舞台の上なのに、ひとつの音符も奏でられないなんて。

しかたない。

受け入れなきゃいけない。

集まってくれたみんなにも、これから曲目の変更を告げなきゃいけない。

マイクスタンドに歩み寄った。

「……あー。……今日は、来てくれてありがとうございます」

たどたどしい僕の喋りは、すぐに湧き上がる歓声に呑み込まれてしまう。

「それで、今日の一曲目……なんですけど……」

声が喉に詰まった。

言わなくてもいいんじゃないか？　と僕は思った。

どうせ、プロコフィエフをほんとうに聴きたくて来たやつなんて一人もいないだろう。なんの断りもなく一曲目からみんながよく知っているロックチューンをぶつけたところで、だれも文句を言わないし喜ぶだけなんじゃないのか。

プロコフィエフを聴きたくて来たやつなんて——

この場に、一人だけだ。

ただ僕が聴きたかった。凛子のピアノに寄り添って、ときに追いかけて、追い抜いて、風除けとなって、引き裂かれて、かき乱して、貪り合いたかった。協奏曲を創り上げたかった。

けっきょく叶わぬ夢で終わる。

マイクに手を添えて、僕一人にとってだけ残酷な事実を告げようと、唇を湿らせる。他のだれでもなく僕自身の甘い夢と訣別するために。

けれど、言葉はマイクに届く前に、不意の向かい風に吹き散らされた。

気圧差で耳が痛む。四辺形に切り取られた光が、過剰なコントラストの向こうに見える。分厚い防音扉が開いているのだ。逆光の中の人影は、真っ赤なドレスを着ているのがかろうじてわかる。長いフレアスカートの裾が気圧差の風を受けて大きくふくらみ、はためく。

彼女と、目が合った。

何万年もの時間がほんのひと瞬きの間に過ぎ去ったような気がした。

たぶん朱音も詩月も同じように茫然と同じ方向を見つめていたからだろう、客たちも気づき、一人、また一人と振り返った。

息を呑む気配がいくつも重なり、まばらな拍手が湧き、共鳴しながらあっという間にホールを埋め尽くした。

暗い海が割れる。

観客たちの真ん中にできた通路を、凛子はこちらへとやってくる。まるで最初からこういう演出だと決めていたかのような、余裕たっぷりの優雅な足取りで。

モニタスピーカーを踏み越えてステージに上がってきた凛子に、朱音が噛みつこうとする。

「凛ちゃ――」

けれど彼女はすぐに言葉を呑み込む。僕も気づいた。凛子の頰や下まぶたに赤く腫れた痕があるのだ。

「……それ……だ、大丈夫？」

朱音が打って変わってこわごわとした声で言う。

凛子は頰に手をやって、ああ、とうなずいた。

「出がけに母と揉めたから。でも安心して」

そこで彼女は僕の方をちらと見て、笑いさえするのだ。

「手は使わなかった。膝蹴りだけで応戦した。ピアニストだから」

僕らはぽかんと呆けて――

答える言葉をなにも思いつかなかった。笑い返すことさえできなかった。

朱音が咳払いし、僕に目配せする。僕は頭を振って自分の楽器に目を落とした。

余計なことを考えるのはやめよう。今はステージの上で、これからまさに開演なのだ。どんな想いが渦巻いていようと、それは燃料としてエンジンに全部つぎ込まなきゃいけない。

凛子が両腕を広げ、芝居がかったしぐさで身体を半回転させて客席に向ける。真紅のスカートの裾が落下傘のように大きく広がり、やがて落ち着く。深々とした彼女のお辞儀に、会場の熱狂は臨界点に達する。

不安と疑問ばかりのはずなのに、そのときの僕はこんなことを考えていた。

ピアノの黒に、真紅がなんて映えるんだろう、と。

椅子に腰を落ち着けた凛子が、僕を振り返って小声で言う。

「選曲の理由」

僕は目をしばたたく。

「聞きそびれた。途中で切られちゃったから」

胸に呼気がつかえる。

声は、届いていたのだ。

胸の奥でのたくっている様々な感情を、けれど抑えつけ、言葉になって出てこないようにと息を詰める。

このエネルギーは、今はすべてプレイのために燃やし尽くさなくては。

音を合わせれば、きっと凛子にもすぐわかる。僕がプロコフィエフの二番を選んだ、ほんとうの理由。

背後の詩月に目をやる。力強いうなずきが返ってくる。

ピアノの翼越しに朱音を見る。ピックを握った手を持ち上げて笑いかけてくる。

自分の手元に目を落とした。ざらりとした弦の感触を指先で数える。

速まる自分の鼓動に、ビートを重ねる。

セルゲイ・プロコフィエフ、ピアノ協奏曲第二番ト短調。

あの夜、はじめて聴いて、これしかないと確信できた。リズミックで、オーケストレーションがシンプルで、ピアノの比重が大きくて——と表面的な理由はいくつもあったけれど、そんな理屈よりも前に、僕はもう決めていた。

イントロが弦のピツィカートによる単音のフレーズだったからだ。

これをバンドアレンジするとしたら——

ベースのソロから始まることになる。

忍び歩きの下降音型。そうして手を差し伸べ、凛子を光の下に招き入れる。

ピアノのなだらかな三連音がさざめき始め、寄せては返す。僕は熱い吐息を漏らす。

これだ。

僕はこの瞬間のためにプロコフィエフの二番を選んだのだ。僕自身の手で、凛子をステージの真ん中に導きたかったのだ。

凛子の指先から奔放な楽想があふれ出し、ホールを満たす。ピアノのオクターヴで刻まれるくっきりした旋律の切れ間から、しみ出してきて暗い水の底に広がり、朝焼けの空へと拡散していく茫洋とした響きは、信じられないけれど、朱音の手の中にあるたった一本のギターから生まれたものだ。

なんてすさまじい魔法だろう、と僕は思う。

様々なお伽噺と同じように、この魔法は卑屈な願いから始まった。ギターという楽器は音がひたすらに小さかったのだ。ギタリストたちは、ただ他の楽器に埋もれないほどの音量が欲しいとだけ願った。祈るような想いで磁石とコイルをギターに詰め込み、アンプとスピーカーにつないだ。

生まれた音は、あまりにも異質で、神経過敏で、鋭すぎた。

ある者は絶望して耳をふさいだ。ある者は電気をあきらめて捨てた。ある者はその音が暴れ出さないようにとつまみを最小まで絞ってだましだまし弦を爪弾いた。

けれど人間の欲望と好奇心と探究心は、そこにある可能性を必ず見つけ出してしまう。

未来を恐れない者たちは、電気で彩られた真新しい音をオーヴァドライヴさせ、歪ませ、切り刻み、増やし、揺らがせ、拡散させた。だれが予想できただろう？　電灯が世界中から夜を奪い去ったように、航空機が世界中の空を戦場に変えたように、エレクトリックギターは音楽の宇宙をプレイヤー一人の手のひらに圧縮し、別の宇宙に解放した。

この楽器がなければ、そして朱音というプレイヤーがいなければ、僕はプロコフィエフに真っ向から対決するなんて考えもしなかっただろう。

壮麗なカデンツァが流れ過ぎた後、スケルツォの乱流が始まる。ずっと沈黙していた詩月の、淀んだエネルギーすべてを叩きつけるビート。プロコフィエフなんてぶっ壊してやるという凶暴な意志に満ちた激烈なタムタムの連打に、凛子はそれ以上の激しさと正確無比なパッセージで応える。

競奏曲。

協の字を冠せられるような生やさしい演奏じゃなかった。僕はお互いの身を削り合って高みへと昇っていく凛子と詩月を必死につなぎとめ、裂傷を自分の音で埋める。ほんの一瞬でもグルーヴをつかみそこねていれば演奏は空中でばらばらになっていただろう。手を離すわけにはいかなかった。僕のわがままでみんなをここまで連れてきたのだ。

終楽章の嵐がやってくる。

朱音のギターも、もはや凛子との対話をやめ、音という音を尖鋭化させて戦場に飛び込んでいった。だれかの音をべつのだれかがとらえ、噛み砕き、踏みしだいてより高みへ昇り、その軌跡をちがうだれかがまた捕まえて足がかりとし、さらに高みへ——

そんな無限の繰り返しの果てに、僕らはまだだれも見たことのない光景の中にいた。たなびいていくシンバルの残響が、暁に燃える雲なのか、凍った湖面に映る靄なのかもわからない。

朱音がピックを握った手を高く掲げ、振り下ろした。

僕らの競奏曲は断ち切られた。

横殴りのすさまじいノイズが僕を襲った。音圧に身体がふらつき、プレシジョンベースの重みを支えきれず、足がもつれて倒れそうになった。

拍手の音だと、すぐには気づかなかった。

顔を上げ、目の当たりにしても、しばらく信じられなかった。

ホールを満たす五百人が、手を叩き、跳び上がり、口々に僕らの名前を呼び、うねり、沸き立っている。

嘘だろう。プロコフィエフだぞ？　わかりやすい聴きどころなんてどこにもない、晦渋で数学的でそのくせ感情過多な作曲家の、しかもピアニストとしての自己顕示と管弦楽作家としての自己抑圧で人格が引き裂かれそうな、痛みだらけの曲なんだぞ？　なんでこんなに盛り上がっているんだ、雰囲気に流されて興奮しているだけじゃないのか？

すぐに自分の考えていることの恥ずかしさに気づく。

ばかじゃないのか。

それが音楽だろう。理解するものじゃない。流されて、巻き込まれて、心を預けて、ただ揺さぶられて、抑えきれない情動をあふれさせるもの。

だから、いま目にしているこの光景が答えだ。

僕らのプロコフィエフは——届いた。

凛子が、汗で額に張りついた髪を払い、立ち上がった。歓声が膨れあがる。

彼女がスタンドに歩み寄り、マイクを抜き取った。

「……メンバーを紹介します」

いきなり言うので僕は驚き、朱音に目を走らせ、背後の詩月もちらと見やる。もちろん打ち合わせなんてしていない。合わせ練習さえ一度もしていなかったのだから。

「ドラムス。百合坂詩月」

それでも、名前を呼ばれると詩月は満面の笑みを振りまいてひとしきりフィルを披露し、会場は地崩れのような拍手とコールでそれに応える。

「ギター、ヴォーカル。宮藤朱音」

目もくらむような速弾きで割れんばかりの喝采を引き出す朱音は、ほんとうにスポットライトを浴びるために生まれてきた人間なんだなとわかる。一挙一動が光っている。

でも、どうしていきなりメンバー紹介なんて。

凛子と目が合った。

「ベース、コンサートマスター。村瀬真琴」

ああ、そうか、と僕は理解する。

照れくさかったけれど、顔を上げ、手を振る。客席に向かって——より正確に言えば、ホールのいちばん後ろに設置された、ウェブ配信用のカメラに向かって。

「これがわたしのオーケストラです」

凛子も同じ方を見つめて言った。

ひときわ高まる拍手も、そのときだけは遠く聞こえた。観ていない可能性の方がずっと大きい。でも、観てくれていることを願った。あの人にはその権利も、義務もある。娘と自分の夢を、無思慮に混ぜ合わせてしまったのだから。

「それじゃあ」

凛子の声の調子が一変した。

いつもの、僕をからかうときのような——

「引き続き第二部をお楽しみください」

平然と言い終え、マイクをスタンドに戻す。客席が煮え立った。こいつめ、と僕は思った。たぶん朱音も詩月も同じことを感じたはずだ。コンチェルトの後のことなんて凛子には話してもいないのに。

もちろん、その予定だったけれど。

こんなにあったまっている客をコンチェルト一曲だけで帰すわけにはいかない。凛子だけに主役を張らせておしまいにするわけにはいかないのだ。詩月のスティックが4カウントを刻むと、僕はよく知っているロックビートの中にあっという間に引きずり込まれる。なんの曲を演るのかわかってもいないくせに凛子が派手なグリッサンドから一番乗りでコードを叩き始める。

朱音が大笑いしながらカッティングで張り合う。もう完全にジャムセッションだった。金を払って来てくれている客が五百人もいる前で、むちゃくちゃだ。半月以上も四人そろってのスタジオ練習ができなかった鬱憤をここで晴らしてるみたいだ。

僕はせいいっぱい抑制的なベースラインで曲の行き先を指し示した。好き勝手にやっていたはずの三人が、一瞬で足並みをそろえてそちらへと走り出すのが腹立たしく、可笑しい。

これが――僕のオーケストラなのだ。

＊

凛子の弾劾裁判は、週明けの月曜日に開かれた。

放課後の、いつも使っているマクドナルドだ。

「ライヴの日は、お母さんと喧嘩の続きをするからっていうんで打ち上げもせずに解散しちゃったわけだけど！」

えらそうに朱音が腕組みして言う。

「うやむやにしたわけじゃないからね！　今回のライヴが危うくぶっ壊れかけたのは、もうなにもかもぜんぶ凛ちゃんのせいだよ！」

「悪かったと思っている。ものすごく反省している」

まるで悪びれた様子もなく凛子は言って、オレンジジュースのストローに口をつけた。朱音はさらに調子に乗って楽しそうに責め立てる。

「なにして償ってもらおうかな。今日のマックをおごるくらいじゃ全然足りないから」

「じゃあ、これから二週間、村瀬くんを好きにしていいから」

「おまえの償いなのになんで僕が生け贄になるんだよっ？」

「うん、それで手を打とう」と朱音がふんぞり返ってうなずいた。

「私も二週間、真琴さん権をいただきます！」と詩月も鼻息を荒くした。僕の一ヶ月がなぜか売り渡されてしまった。

まあなんでもいいや。どうせ本気で弾劾したいわけじゃないだろうし、こんな話題はさっさと終わってくれた方がいい。

「それで、凛子さん」

詩月が遠慮がちに言う。

「よそのご家庭を詮索するのは不躾ですけれど……その、……お母様とのことは、どうなったのでしょうか？」

「どうもなっていない」

凛子が平然と答えるので僕らは三人ともぎょっとする。

でも彼女はこう続けた。

「でもスマホは取り返したし、今のところバンドのことについてはなにも言ってこない。というか昨日も今日も一言も口を利いていない。わたしが膝蹴りを入れたから怖がっているのか、頭が冷えたのか……わからないけど」

「……またなにか言ってくるかもしれないってこと？」と朱音は不安そうに凛子の顔をのぞき込む。凛子はうなずいた。

「そのときはそのとき。またやり合えばいいだけ」

「じゃあけっきょくなんにも解決してないんだね……」

それはそうだ。なにかのきっかけでぴったりきれいに片がつくような問題じゃない。

ところが凛子は薄笑みを浮かべて首を振る。

「解決は、している」

「え？」

「だって、これは家庭の問題でもないし、ましてや母の問題でもなかったから。わたしの問題。わたしがしっかり心に決めていればよかっただけのこと」

僕らは目を合わせ、笑みを交わす。

そう思えたのなら、上等だ。

「あとは時間の問題でもある」

そう凛子が付け加えるので僕は首をかしげる。時間？

「二年たてばわたしは十八歳。独り立ちできる。お金も稼げるようになっておけば親がなにを言ってこようが関係ない」

朱音がぱあっと顔を明るくして腰を浮かせる。

「そうだよね！　いっぱい稼ごう！　今回のライヴの客入り見たら、なんかもっと欲張れるんじゃないかって気がしてきたし！」

詩月も乗ってくる。

「ミュージシャンなら一戸建てを買うべきです。そして地下にスタジオを作りましょう。寝て起きて気が向いたらドラムスを叩ける生活、祖父の家で体験したことがありますけれど、もう最高ですよ」

どんだけ話が飛躍してんだよ。スタジオ付きの家とか、何億円かかると思ってるんだ。

ふわふわした雰囲気は、次の凛子の一言でぶっ壊れる。

「それから、十八歳になれば結婚もできる」

聞いた途端に朱音がテーブルをばあんと両手で叩いた。紙コップが揺れ、ポテトがケースからこぼれる。

「だっ、だめだよ結婚なんて！　ぜったい！」

びっくりした僕は思わず横から口を出していた。

「なんだよ。べつにいいだろ、凛子が結婚しようが――」

「よくないってばっ」

「そうです、いいですか真琴さん！」詩月も肩を怒らせている。「結婚となったら凜子さんだけの問題じゃないんですよ！」

なんでだよ。凜子だけの問題だろ。ほっとけよ。

その後も姦しく言い合う女たち三人を放置して、僕はスマホを取り出した。

昨日、動画サイトにあげたライヴの録画の再生数を見る。

……ううん、やっぱりちょっと伸びがいまいちだな。しょうがないか。プロコフィエフだもんな。ノーカットだから長いし。でも一般大衆にそうそう凜子のプロコフィエフのすごさがわかってたまるか、みたいなひねくれた気持ちもちょっとはある。

コメントはどうだろうか。画面をスライドさせる。

演奏への称賛コメントと、凜子のドレスアップへの熱い言及ばかりだ。プロコフィエフをこうアレンジするなんて！　みたいなのはひとつもない。

ちょっとがっかりしている自分がいる。

僕らだってがんばったんだぞ？　いや、主にがんばったのはオーケストラ譜をたった弦六本しかないギターの中に落とし込んで弾きこなした朱音だけれど。僕もまあまあ努力したんですよ？　というかまずこの選曲自体をだれか褒めてくれないかな……現代音楽は難解すぎるし、かといって十九世紀までの音楽だとさすがにロックアレンジが合わないし、ということで絶妙なラインを攻めきったと自分では思うんだよな。

そんなさもしい欲求にまみれてコメント欄をスライドさせていた僕の指が、ある一コメントのところでふと止まる。

投稿者名、《Ｍｉｓａ男》。

一瞬、息ができなくなる。

『会場で聴きたかった』

たった一行だけ。

でも、何度も読み返す。

胸の奥の方から熱がじんわりとにじんでくる。

観てくれたのだ。

元気で――かどうかまではわからないけれど、とにかく、ネットを見られるくらいには元気でいるのだ。そうして僕らを気にかけてくれていた。

投稿者名をタップし、Ｍｉｓａ男のチャンネルページに飛ぶ。新規動画はない。それはそうだ。入院中なのだから動画なんて作れるわけもない。だいたいチャンネル登録しているのだから コンテンツ追加があれば通知が来る。

それでも、時折こうしてページに飛んでしまう。

まだつながっているということを、確かめずにはいられない。

「──なにこれっ」

耳元で声がして、僕は驚いてスマホを取り落としそうになる。

朱音がいつの間にか僕のスマホをのぞきこんでいる。

「えっ、これ、えっ、美沙緒さんじゃん！」

彼女はサムネイルを指さして声を裏返らせる。さすが長年の教え子、手を見ただけで気づいてしまったらしい。たちまち凛子と詩月も顔を寄せてくる。

「先生こんなチャンネルをやっていたんですね……」

「投稿日がどれも今年。しかもこれ、うちの学校の音楽室」

「うわー、うちらの動画にもコメントくれてたの？　えっ真琴ちゃん前から知ってたの？　ひどいよ、教えてよこういうのは！」

「……ああ、うん、いや……なんか言う機会なくてね……」

なんとなく、僕ひとりの宝物みたいに思っていて、だれにも教えずにしまっておきたかったのだ、とはとても言えない。

しらーっとした目つきになった詩月が凛子に言った。

「……凛子さん。一時休戦です。こんなところに強敵がいるのを忘れていました」

凜子も僕のスマホの画面に目を落としたままうなずく。

「たしかに、バンド内で争っている場合じゃなかった。まず華園先生を倒さないと」

「なんで先生が敵？　べつにもう無理難題を押しつけてきたりしないんだし」

「そういう話はしてません」「村瀬くんは当事者なんだから黙っていて」

二人からいっぺんに冷たい返しをされて僕は深く落ち込んだ。なんか最近の僕ってないがしろにされていないだろうか。あと『当事者だから』黙ってろってどういうこと？　当事者じゃないんだから、の間違い？

でも、だれからのフォローもなかった。女たちはトレイを手に立ち上がり、階段の方に向かう。ひとり残されかけた僕もあわてて立ち上がる。

スマホをポケットに戻そうとしたとき、おそらく再生ボタンに触れてしまったのだろう、ごくささやかな音量で曲が流れ出す。

プロコフィエフ。

手のひらの中で、僕らのオーケストラが鳴っている。

しばらく聞こえるようにしておこう、と僕はそのままポケットに落とした。あの日の余熱が布越しの肌に伝わってくるような気がした。

Paradise NoiSe

Shizuki Yurisaka

3　クレオパトラの夢

ジャズドラマーはロックドラマーを下に見ている、という話を聞いたことがある。

中学時代、動画投稿サイトを通じて知り合ったネットミュージシャンたちの中に、現役のジャズドラマーがいたのだ。プロではなかったけれど、月に一度のライヴで都内のキャパ百人の箱を埋められるくらいの腕前の人だ。

「下に見てる、っつっても、あれだ、優劣の話じゃねえよ？　ほら、あの、川の上流下流みたいな話でさ？　ジャズからロックに行ったやつっていっぱいいるだろ。ジェフ・ポーカロとかミッチ・ミッチェルとか、たしかボンゾもそうだっけ？　でも逆はいない」

ほら、と言われてもドラマーには詳しくないのでわからない。

「ロックドラムってとにかく音がでかいし、でかいままでメリハリがない。あれが一度身に染みついちゃうと、もうジャズは叩けなくなるよ」

「ううん、まあ、全然ちがうから両立は難しそう、ってのはわかりますけど」

僕は自分の乏しいジャズ知識を漁って言葉を返す。

「ジャズドラムも別に静かなわけじゃないけど、ロックとちがって、ずっと同じところで鳴ってないで、けっこう動き回りますよね」

「そうそう、わかってんじゃんムサオ。リズム隊とか言われてるけど実際はリズムキープの役割をうまーくベースと分担しあうのがキモでさ、見せ場でどんどん前に出て個性アピっていかないとつまんないわけ。ロックドラマーにはそういうの無理だろうなあ」

ボイスチャットだけによるオンラインでのやりとりだったので表情はわからなかったけれど、優越感がにじみ出ている口調だった。

「優劣の話じゃない、って言ってませんでしたっけ」

「え？　あははは。そうそう。もちろんそう」

図星だったようだ。

「あとそもそも楽器と身体の使い方が全然ちがうしな。ロックはとにもかくにも一発目で腹に響くキック、それから２＆４にスネアだろ。右足と左手だ。ぶっちゃけその二つがあればどうにでもなる。でもジャズの基本はライドシンバルとハイハットのペダル、右手と左足。これがないと始まらない。だから無人島に二つだけドラムを持ってくならどれを選ぶ？　って訊かれたら、ロックドラマーはバスドラとスネア。俺たちはシンバルとハイハットだな」

無人島にドラム持ってくなよ。……とは言えない。

ずっと後になって、プロのジャズドラマーとも偶然に話す機会を得たので、このときの質問をふと思い出してぶつけてみた。

「無人島？　二つだけ？」

そのドラマーさんは顔をしかめた。

「バスドラとフロアタムだな。一番でかいから雨水溜めるのに役立つだろ」

身も蓋もない回答だった。

＊

僕をこき使って授業の手伝いをさせていた華園先生が退職したので、労役から解放されるかと思いきや、二学期に入ってからの音楽の授業はさらに忙しくなった。後任の小森先生という人が、音大を出たばかりで、しかも就職に失敗してついこの間までアルバイト生活をしていたという不安な人材だったからだ。

「三学年分の授業ってほんとうに大変。華園先輩はこれを毎日こなしてたなんて、すごい」

四時限目の授業後、音楽準備室に引っ込んだ小森先生はくたびれきった顔で言った。幼い顔立ちと体つきに加えて、同じ音大出身である華園先生のことをいまだに『先輩』と呼ぶあたり、どこもかしこも学生っぽい人だ。

「まあ、華園先生がこなしてたんじゃないですけどね……」

主に僕と凛子だ。

「でも、ようやく慣れてきたかも」と小森先生。「村瀬くんの使い方もわかってきたし」

慣れてきたってそこなのかよ？　僕を備品だと思ってんのか？

「お礼に飲み物もおやつもたくさん用意したから！　昼休みも放課後もずうっと入り浸っていいからね」

「あ、はい、それはありがたいですが……」

すでに僕のグラスとマグカップも用意されている。

「村瀬くんがクラスに居場所ないのはわたしのせいだから責任取らないと……」

「居場所ありますけどっ？」と僕は反射的に嘘をついた。

「えっ……あ、ああ、そう、そうなんだ、よかった……」

小森先生はちょっと涙を浮かべて言う。

「じゃあ村瀬くんはここでお昼食べなくてもいいんだね。わたしひとりで食べるね……さみしいけどがんばる」

「あっ、いやっ、でも、今日はここで食べます、来週の授業の準備もあるし」

とっさにそう言うと小森先生はぱあっと顔を明るくした。

「そうなの？　ありがとう！　やっぱりいっしょに食べた方が美味しいよね！」

先生がお茶を淹れていると、準備室のドアが開く。

「こんにちは！　あっ、ほんとだ真琴ちゃんこっちにいた！」

朱音だった。

「言ったでしょう、村瀬くんは友だちがいないから四時間目が音楽なら必ず準備室でだらだらしているって」

後から凛子も入ってくる。なにか今ひどい誹謗中傷が聞こえたが、咎めたら傷口が広がるので黙っていることにする。僕だって学ぶのだ。

ところが小森先生がそこを拾ってしまう。

「ちがうの、村瀬くんはちゃんとクラスになじめてるけど、わたしをひとりにするのが心配だからいっしょにいてくれるんだって！」

やめてください。フォローしないでください。ほら朱音はにやにやしてるし凛子はしらーっとしてるし両方の視線の温度差が痛い。

でも次の五時限目が凛子たち偶数組の音楽の授業だったこともあり、話題はすぐに授業の準備のあれこれに移った。僕は安心して昼食のパンを取り出した。

その五分後。

「ごめんなさい、遅くなりました！　書道の課題が長引いてしまって」

詩月も弁当箱を手に準備室に入ってきた。

完全に僕らのバンドのたまり場である。華園先生がいた頃からそうだったけれど。

女子高生四人（あ、一人は先生だったっけ）がお弁当を机の上に広げて和気藹々と会食しているのを見ると、ひょっとしてここにも僕の居場所はないのでは……？　と不安が押し寄せてくる。さっさと食べ終わって音楽室でピアノの練習でもさせてもらおう。

ところが、小森先生と朱音と凛子が授業の段取りについて真剣に話し込んでいると、その横で詩月がいきなり素っ頓狂な声をあげた。

「私も音楽選択がよかったですっ」

全員びっくりして詩月を見る。涙まで浮かべている。

「ぜんぜん話題には入れなくてさみしいです、せっかく真琴さんと同じ奇数組なのに！　私だって真琴さんといっしょに先生にこき使われたかったですっ」

「うらやましい立場みたいに言われても困るんだが」

「え……あ、じゃあ、私だって先生といっしょに真琴さんをこき使いたいです」

「入れ替えただけでめっちゃ腹立つね？　日本語すごいね？」

「真琴ちゃんをこき使うのならバンドでいつもやってるじゃん」

「そう。とくに詩月はドラムスの設置やチューニングでいつも村瀬くんの手を借りているのだからこき使いっぷりではいちばん上」

「放課後だけじゃなく学校でも真琴さんといっしょがいいんです！」

「書道の授業中に、音楽室から聞こえてくる曲に合わせてドラミングでもしてたら」

僕があきれ半分でてきとうに思いついたことを言ってみると、詩月は真剣な顔になる。

「それなら真琴さんのビートを感じられますね……でも筆でドラミングをしたら墨が飛び散ってしまいますし……あと私の方の音が真琴さんに聞こえないと意味が……」

検討すんな。真面目に書道してろ。

「でも百合坂さん、べつに書道がいやなわけじゃないんでしょ。成績すごくいいって聞いたけど。一学期も金賞だったって」

小森先生が言うと、詩月は得意げにうなずいた。

「はい。書道をやりたくなくておろそかにしている、なんて思われたくありませんもの。それに完璧にこなしていればそのうち書道の先生が『ぐふっ。おまえに教えることはもうなにもない。心おきなく音楽の道に進め』と言ってくれるんじゃないかと期待してるんです」

「そんな剣豪ものみたいな展開があるわけないだろ……」

あとその『ぐふっ』ってなんの音だ？　書道の先生になにをするつもりだ？

「選択授業は、ほら、二年生になれば変えられるし」と小森先生。「それに村瀬くんといっしょになにかやりたいってことなら、選択授業以外でもチャンスはあるんじゃないかなあ」

「授業以外でも……ですか……」

詩月はなにかつぶやきながら、そのまま物思いに沈んでしまった。

凛子も朱音も、しばらくは詩月の方を気にしていたけれど、差し迫った授業の方がひとまずは大事だったので先生との打ち合わせに戻った。

話題にいまいち入れなかった僕は、詩月の真剣な目つきに嫌な予感をおぼえた。

＊

生徒会長が僕のクラスにやってきたのは、その翌日のことだった。放課後すぐで、まだクラスメイトのほとんどが帰らずに残っており、僕も教科書を鞄に詰めている最中だった。

「村瀬君！　村瀬真琴くーん、いますかー？」

よく通る女の声に、クラスメイトたちが一斉に教室後ろを振り返った。

眼鏡にショートカットの、たいへんプロポーションのよろしい女子生徒だった。おそらく上級生だろう、まったく物怖じしない様子で教室に入ってくる。身のこなしがきびきびしていて、色んな意味で感度の良さそうな人だった。生徒会長だ、と思い出す。

「あ、いたいた」

僕を見つけ、まっすぐにやってくる。

「生徒会室まで、ちょっといいかなっ？」

有無を言わさぬにこやかさだった。

生徒会室は我が一年七組の教室と同じ並びにあるので、ものの三十秒で着く。一般教室と同じ造りの部屋だが、スティールラックが間仕切り代わりに林立し、大机がいくつも並び、その上は雑多な印刷物やらノートPCやら裁断機やらで埋め尽くされ、壁際には段ボール箱が未整理のまま積み上げられ、どこもかしこもめちゃくちゃ散らかっていた。

部屋のいちばん奥に二脚のソファを向かい合わせた申し訳程度の応接スペースがあり、僕はそこに通された。生徒会役員のみなさんが全員なにやら期待に満ちた目で僕を見つめてくるのが不安極まりなかった。

「村瀬君に折り入ってお願いがあるんだけどっ」

僕の向かいに腰を下ろした生徒会長が言う。語尾がいちいち猫のいたずらパンチみたいな撥ね方をするので妙な圧力がある。

「来月、文化祭があるよね？」

「……え、ああ、はあ」

十一月のはじめに文化祭があるというのを、言われて今思い出した僕である。我が校は生徒の自主性をとても尊重する校風とのことで、よくあるクラス単位での強制参加出し物というものが存在せず、すべて有志参加だった。部活動もやっていない僕にとっては完全に他人事として意識外だったのだ。

「村瀬君のバンド、出てくれないかなっ？」

「え……」

「中夜祭でバンドやるのが定番になってるの。中夜祭ってのは、ほら、文化祭って二日がかりでしょ？　その一日目が終わった後に生徒だけでやるイベントね。ほんとは二日目終わった後にお疲れさまーって後夜祭やりたいんだけどそんなことしてると後片付けの時間取れなくなっちゃうから一日目の夜にやるわけ。で、そこに出演してほしいんだ」

ぐいぐい身を乗り出してくるので僕は背もたれに埋もれるようにして遠ざかろうとする。

「……いや、出たがってるバンド他にいっぱいいるんじゃ？」

「いっぱいいる。二十組くらい要望来てる」

「にじゅ――」

うちの高校、そんなにバンドが盛んだったのか。ああそうか、クラスでの出し物がない分、バンドやろうぜって思い立つ生徒が多いのかな？

「それなら、べつにわざわざうちが出なくても」

「そこに深い事情があるのさ。ちょっと長い話になるけどっ」

生徒会長は嬉しそうに長広舌でまくしたてた。

「中夜祭のバンドは生徒からの要望が多いから毎年やってんだけど、下準備がとにかく大変なの。まず、音がうるさいからね！　学校のまわりのお宅を一軒一軒回って、すみませんちょっとやかましくしますけどなにとぞ、って頭下げるんだけどこれがもう苦行。実行委員と生徒会役員で手分けしてやるんだけどみんな二度とやりたくないって言うんだ。当たり前だよね。あと出演者の方も大問題。二時間くらいしか確保できないのに二十組も来るんだよ？　去年も十八組だったかな？　当然全部は出せないし、出演数絞ってても一バンドあたり十五分とかそれくらいになっちゃってろくに演奏できないって文句出まくり。んで最後のいちばん大きな問題はね、これオフレコにしといてね、先生たちもバンド組んで出たがるんだよね。時間食われるし知らない曲ばっかり演るしですっごい評判悪いからなんとかやめさせたいんだけど」

「あ、はあ……」

ただでさえ少ない演奏時間が教員バンドでさらに削られるのか。そりゃ問題だ。そして嫌がられているという事実も教員側にあまり知らせたくないわけか。

生徒会って大変なんだな……。頭が下がる。

しかしそれはそれとして。

「それでどうして僕らが出演って話になるんですか」

「村瀬君とこが出てくれると全部解決するんだよねっ」

生徒会長は目を輝かせて声を弾ませた。

「まず周辺のお宅への根回し！　生徒のバンドが演りますって言うといやぁな顔をされることが多いんだけどプロのバンド呼びますっていうと割とすんなり許してもらえるの！　それから出演者絞りも必要なくなる！　だってPNOと同じステージで演る度胸なんてないでしょ？　比べられたくないだろうし、PNOの演奏時間減らした、とか白い目で見られるのもいやだろうしね！　先生バンドも同じく牽制できちゃう！」

「……それ僕らが恨まれるんじゃ……？」

「そんなこと全然ないって！　文化祭にPNOを出してくれっていう要望はもう何百件も来てるんだから！　なんなら中夜祭に出たいっていうバンドの子もPNO聴きたいとか言ってるからね！　喜ばれるだけだよ！」

「はあ……。ええと、まあ、僕の一存で決められることでもないので、とりあえずバンドメンバーに話してみますね」

＊

「いいと思う」

凜子は即答だった。面倒くさがるかと思っていたのに。

「いいの？　ノーギャラだよ」

「お金のことしか頭にないの？　村瀬くんは純粋に音楽を愛する心はないわけ？」

「ぐっ……」

金に厳しい凜子だから先んじて注意しておこうと思ったらこれだよ。

「ギャラはなくても得るものは多いはず。出ましょう」

「得るものって」

「学校の行事となると母もますますわたしのスタジオ練習参加に文句を言いづらくなるから今後やりやすくなるし、あと生徒会に恩を売っておくのも後々役に立つかも」

「なるほど……」

お金とは別方面でやはり計算高い凛子を見てちょっと安心してしまう。

「文化祭でライヴ！　高校生って感じだね！」

朱音は目をきらきらさせる。

「あたしも中一のときに先輩といっしょに文化祭ライヴ出たなあ、懐かしい！　先輩のヴォーカルより目立っちゃって大げんかになって即日で解散したんだよね」

「その不吉な追加情報はだれの得になるんだ」

「中二のときの文化祭なんて二ヶ月も前にけんかで解散しちゃって参加もできなかったし、あたしもそのあたりから学校行かなくなっちゃったしね」

「もういいから！　泣けてくるから！」

「中三のときはもう一日も登校してないし」

「この話もうやめよう！　胃が痛くなる！」

「ギャラなんて出なくていいからあたしの青春取り戻すぞ！」

からっからに晴れ上がった笑顔でそんな悲壮な決意を口にされるとこっちが重圧を感じすぎて困る。

意外なことに、詩月の反応が妙に淡泊だった。

「はい、文化祭ライヴ。いいと思います。こないだはコンチェルトに時間をとられてあまり新曲を試せませんでしたし。二時間フルに使えるならかなり色々できます」

「二時間……ああ、うん。僕らだけが出演てことになるとそうなるか。……他にも出たがってる人いっぱいいるんだけど、ほんとに恨まれないかなあ」

「大丈夫ですよ。それに、どうせ希望者全員は出せないんですから、それなら私たち以外全員アウトにした方が公平です。先生たちだけは出演できる——とかにしても不平が出ちゃうでしょうし」

「それもそうか……」

そこで僕ははたと気づく。

「……先生たちが出たがってるって、話したっけ？」

「え？」詩月が目をしばたたく。

「いや、生徒会長にそこはオフレコって言われて伏せてたはず……」

詩月の顔がさあっと青ざめた。

「え？　そ、そうでしたか？　さっき真琴さん言ってませんでした？」

「言ってなかったね」「言ってない。今はじめて聞いた」朱音と凛子が即座につっこむ。

「詩月、ひょっとしてこの話、前もって知ってたの？　ていうか」

「ち、ち、ちがいますっ、私なんにも知りませんっ、そんな、真琴さんとの学校での時間を増やしたいからってクラスメイトの役員を通じて生徒会長に入れ知恵したとかそんなことは絶対にしてませんからっ」

……詳しい解説ありがとう……。

なんだよ。詩月の仕込みだったのかよ。どうも話が急すぎると思ったんだ。

「しづちゃん、なんで隠すかなっ？　べつに邪魔したりしないよ？　あたしらだって一緒の時間増えるんだから」

「むしろ協力したのに。詩月のその黒さは見習いたい」

「うう、私じゃないです、私そんなふうに腹黒く暗躍なんてしてないです……」

朱音と凛子に二人がかりで責め立てられながらも、必死に罪状を否認し続ける詩月。いったいなにがそんなに意固地にさせるのか。

しかしともかく、詩月の思惑通り、それから学校での僕と一緒の時間が激増した。文化祭に出るとなると、会場となる体育館での設営の打ち合わせをしたり、音響の手配を監修したりとやることが山ほどあるのだ。

＊

そんなふうに忙殺されていた十月はじめの金曜日の夕方だった。

その日は、詩月がお花の稽古でさっさと帰ってしまい、朱音と凛子は文化祭ライヴでの衣装を下見してくるといって二人で池袋に行ってしまった。僕は文化祭の体育館ゲートの飾り付け制作を手伝わされ（どう考えても僕の仕事ではないのだけれど）、外履きに履き替えて玄関口を出る頃には午後五時近くになっていた。

校門に向かおうとしたとき、ふと、駐車場のいちばん手前に駐めてある一台が目に入った。真っ青なオープンカーだ。息を呑むほど均整のとれた端正な車体で、ボンネットの鼻先に取り付けられたエンブレムは翼の生えた《B》の一字。

ベントレー？

なんでうちの学校にこんな超高級車があるんだ？

さらに驚いたことに、その青いベントレーはすうっと僕の方へ滑ってきて横付けに停車した。ぎょっとして立ちすくむ。運転席にいたのはサングラスをかけた老人だった。総白髪をきれいになでつけ、精悍な顔に白い口髭をたくわえ、ぱりっとした空色のワイシャツを第二ボタンまで開いて着崩している。腕は骨張っているものの筋肉質で、背筋もぴんと伸びており、顔の皺にもかかわらず老いをあまり感じさせない男性だった。

「やあ、だいぶ待ったぞ。乗りたまえ」

老人はそう言って身を乗り出し、助手席のドアを開いた。

思わず、背後を確認してしまう。僕？　じゃないよね？

「おまえさんだよ。村瀬真琴君だろう。すぐにわかったぞ」

「……え、あ、はあ。……どなたですか」

老人は黙ってダッシュボードの上あたりに専用金具で取り付けてあったスマホを外し、僕にみせた。

待ち受け画面の写真には、ドラムセットに囲まれた老人自身と、その傍らに寄り添って顔を近づけて笑っている一人の少女が映っていた。おそらく彼女が撮影者なのだろう、伸ばした腕が画面外に消えている。

知っている顔だった。よく知っている娘だった。詩月だ。

それから、ドラムセット。

僕は老人の顔に目を戻した。

「ひょっとして詩月のお祖父さんですか？」

老人はうなずいた。

「百合坂禄朗という。早く乗ってくれ」

僕を乗せた真っ青なベントレーはそのまま校門を出て国道を下り、首都高に乗った。

遅ればせながら僕は、焦りだした。

知らない人の車に乗っちゃいけません、って小学校で習いませんでしたか……？

首都高？　なに？　僕どこに連れていかれるの？

なんか写真一枚見せられて納得しちゃったけどこの人がほんとうに詩月のお祖父さんだっていう確証はないよね？

しかし、百合坂禄朗と名乗ったその老人、口を開けば出てくる話題が音楽のことばかりなのである。

「詩月から久々に電話がかかってきたんだが、バンドの話ばかりでな。楽しそうでなによりだ。ライヴもネットで観たが、あれだプロコフィエフをいきなり演ったやつだ。うん、あのピアノとギターの娘はなかなかだな。おまえさんは、うん、アレンジはよかったがあんなのを弾くのは百年早いな。詩月もそれなりに叩けてはおったが、しかしあいつ、頭抜きの後の裏拍が甘くなる癖が治っとらんな？　おまえさんが無意識にそれ修正しようとしてかえって足ひっぱっとったぞ。あとスタミナないな、アンコール曲でばてとっただろう。良いベーシストってのはああいうときに客に気づかせないようにドラマーを手抜きさせるもんでな――」

間違いなく、詩月の祖父だった。

言うことがいちいち的を射ている上に深くえぐってくる。詩月にドラムスを教え込んだ師匠だという『お祖父さま』その人でなければ、絶対にこんな話はできない。

しかしそれはそれとして。

「……あのう、どこに向かっているんでしょうか」

話の切れ間をやっとのことでとらえて僕は訊いてみた。

「目黒だ。そろそろ着くぞ」

車は首都高を下りた。

表通りから脇道に入り、数分後、一軒の邸宅の前でベントレーは停車した。

人気のない高級住宅街だった。幅の広い坂道に沿って、品の良いデザインの一戸建てがたっぷりと敷地の余裕をもって並んでいる。ちょっと行くと代官山のはずだが、とてもそうは思えないくらい静かだ。

禄朗さんはリモコンで駐車場のシャッターを開き、ベントレーを中に入れた。

「詩月のために建てた隠れ家でな、普段まったく使わんから少々散らかっとるが、ゆるせ。だれもおらんから気兼ねせんでよいぞ」

さらっととんでもねえことを言う。こんな豪邸を孫のためにぽんと建てて、普段まったく使ってない？　どんだけ金が余ってるんだよ。

いやいや、もっととんでもないのは言われるままについてきてしまった僕だ。

詩月の祖父だというのはたしかだとしても、なんの用事なのかも聞いていないし、絶対に害がないとも言い切れないんだぞ？

好奇心と、あとベントレーに乗ってみたいという気持ちに負けてしまったのは否定できないけれど。

　しかしここまでついてきて今さら帰るのもどうかと思ったので、僕は禄朗さんに続いて玄関をくぐった。

　邸内の豪華さと空間の贅沢な使い方にはもう心の準備ができていたのでそこまで驚かなかったけれど、案内されて地下への階段をおり、照明が点いた瞬間は息を呑んで言葉を失ってしまった。

　バーカウンターに並ぶストゥール、たっぷり間隔をとって配置された六脚のガラス製丸テーブル、高い天井で回るシーリングファン、そして奥まったところに一段高く設えられたステージには、ドラムセットとグランドピアノが置かれている。

「これは、ちょっとしたもんだろう」と禄朗さんはステージに上がって言った。

　家の地下にライヴスペース。最高すぎる。ここに住みたい。

「住みたいか？」

　見透かされてぎょっとする。禄朗さんは呵々と笑った。

「この家、おまえさんにくれてやってもいいぞ」

「……はっ？」

なに言い出してんのこの人？　赤の他人ですよ？

「ただし査定の結果次第だ。楽器はなににする？」

　もうわからないことだらけだった。査定？　楽器ってなにが？

「なにをぼーっとしとる。セッションだ。腕前を見せろと言っとるんだ。おまえさんもミュージシャンだろうが、こんな場所に連れてきて他にやることがあると思うのか」

「あ……はあ」

　そのために連れてきたの？　え、査定って、セッションでうまくやるとこの大豪邸を僕にくれるってこと？　まだ意味がわからない。

「楽器はだいたいなんでもひととおりできるらしいと詩月に聞いておるぞ。しかしベースはアコースティックしかないな。弾けるか？」

　禄朗さんはステージ奥に横たえられた棺桶なみのサイズのケースを顎でしゃくる。僕はぶんぶん首を振った。ジャズで『ベース』といえばエレクトリックではなく、コントラバスだ。触ったことすらない。

「……ピアノなら、まあ、少しは」

「ジャズでなにが弾ける？」

「全然なんにも。聴く方だってつまみ食い程度なので……」

　禄朗さんは苦い表情を浮かべ、それから肩を落とした。

「……まあしかたないか。若者に魅力を広める努力を怠ってきたこの国のジャズマンの責任だな。日本ではもう滅びゆくしかないのかもしれん」

そんな大げさな。こっちも心が痛くなってきたので必死に記憶を探る。

「……あっ。一曲だけ。『クレオパトラの夢』ならちょっと練習したことが」

禄朗さんはさっきの五倍くらい嫌そうな顔をした。

「おまえさん、もし他のジャズマンと話す機会があっても、その曲名は出すなよ。こんなふうに嫌な目で見られるぞ」

「なんでですか？　名曲……ですよね？　ジャズ詳しくない僕も知ってるくらいだし」

オイルみたいに濃くて粘り気のあるため息が禄朗さんの足下に落ちた。

「名曲だと思っとるのは日本人だけだ。メロディが聴き取りやすいしコードがシンプルだし、なによりテレビCMで使われたからな。ジャズマンてのはかっこつけて通ぶりたいスノッブばかりだから、通俗的なもんをとにかく毛嫌いするんだ。おまえさんが知ってそうな曲でたとえてやるとだな、ピアノ音楽にあんまり詳しくないやつが『Longing/Love』ってものすごい名曲ですよね』って言ってきたらどう思う」

「……あー……はい、それは……たしかに、返答に困りますね……」

「ま、曲に罪はない」

そう言って禄朗さんはドラムセットの椅子に腰を下ろした。

「悪くない曲だ。バド・パウエルが駄曲なんか弾くわけがないからな。ただ、難しい曲だぞ。今日はベースがいないからおまえさんが低音域まで全部埋めるんだぞ。入りはドラムスが先でいいな?」

「えっ、あ、あの」

「てきとうなところで入れ。つまらんプレイになったらすぐ止めるからな」

まだ演奏の準備ができていないどころか、ピアノに近づいてすらいなかった。ステージの方に足を向けたとき、横殴りの雨が襲ってきた。一瞬ほんとうにそう錯覚したのだ。それくらい激しいドラミングだった。

見やると、照明を散らすシンバルの羽ばたきの向こうに、日に焼けた腕の躍動が見えた。焦燥感が僕を腹の底から衝いた。ピアノの椅子に駆け寄る。蓋を開くのももどかしい。ブラッシングで重層的にぼかされたビートをなんとかより分け、息を止め、飛び込んだ。

『クレオパトラの夢』。

狂乱の名手バド・パウエルが精神疾患とアルコール依存症でぼろぼろになりながらも残した、歌心あふれるオリジナル・ナンバー。

二つのコードだけを延々と繰り返し続けるさざ波の間に、哀愁を帯びた旋律を差し込む。フレーズも二種類だけしかない。だから僕はたったの十二小節で持っているすべてを使い果たしてしまい、左手で義務的な和音を押さえながら絶望する。ここから先すべてアドリブで広げていかなくてはいけないのだ。ちがう曲にすればよかったと悔やんでも遅い。ドラムセットの方を見なくても、禄朗さんがものすごい形相でにらんできているのが威圧感でわかる。

とにかくなにか弾かなければ。

右手を鍵盤に這わせる。なるほどA♭マイナーってとりあえず黒鍵叩いとくとそれっぽいスケールに聞こえるから便利だな？　たまにオクターヴ混ぜるか？　いきなり速い変奏にするとすぐにネタ切れになるから慎重に、まずはシンコペーション多めのフェイクで——

「なにをへっぴり腰で弾いとるかっ」

禄朗さんの怒声が飛んでくる。

「ミスタッチなんぞ恐れるな、バド・パウエルだってぐちゃぐちゃにミスしまくっとったわ、そんなことよりグルーヴだ！　のれ！　のりまくれ！　こっちで受け止めてやるから！」

唾を飲み込み、ほとんど無意識に腰を浮かせた。

そうだ。せっかくこんなとんでもない馬力のドラムスが鳴っているんだぞ。

ただ乗りしなきゃ損だ。

湧き上がってきたフレーズを右手に流し込み、そのまま鍵盤に叩きつけた。僕の小指は何度も黒鍵を踏み外し、親指は白鍵の間に嚙まれた。でも作り笑いで左手のコードストロークを続ける。リズムさえ作れていれば、まるでわざとそうやって崩して弾いているみたいな顔でアドリブを回せる。

なんだろう、このドラムスから伝わってくる心地よい危うさ。はじめて体験するはずなのに、知っている気がする。振り落とされそうで、でも推進力がしっかりと僕をとらえて離さなくて、どこまでも走っていけそうで――

そうか、ハイウェイを飛ばすオープンカーだ。

風と同化したような、青いベントレー・コンチネンタルGTコンバーチブル。

「調子に乗ってきおったな！　もっと飛ばせるだろう！　肘でもなんでも使え！」

運転席で禄朗さんが声を弾ませる。こっちはスピードについていくのに精一杯だっていうのに無茶言いやがる。でもやけくそのクラスターで応えた。なにをやっても加速度になって返ってくるのが気持ちよくてたまらない。

気づけば僕も禄朗さんと同じくらい笑いっぱなしでいる。

フレージングを引っかき回し、ばらばらに切り刻み、つなげ、べつの歌をなにくわぬ顔で紛れ込ませ、みんなエンジンにくべて燃料にした。

最後には自分自身さえも。

だからセッションの終わりはもう疲労でぐだぐだで、禄朗さんが握っていたブラシを落っことすという情けない締めくくりで、僕らは顔を見合わせてひとしきりけたけた笑った。

「久々にこれだけ叩いた。言いたくないがもう歳だな。昔は一晩中演れたもんだが。おまえさんはまだまだ演れそうか」

「……いや、僕ももう……ちょっと休ませてください……」

禄朗さんは立ち上がってバーカウンターの向こうに回り、スコッチの瓶とグラスを二つ取り出した。

「ストレートでいいか？」

「いやいや。未成年ですってば」

冗談だ、と笑って禄朗さんはミネラルウォーターのペットボトルを持ってきてくれた。自分はマッカランをストレート、ノウ・チェイサー。

そこから禄朗さんは、色んなジャズドラマーの真似をしながら面白おかしくエピソードを語ってくれた。麻薬とか犯罪とかも関わってくる相当やばいネタが多かったので、残念ながらここでは引用できない。

ひとしきりのトークの後で、禄朗さんはしみじみとした口調になってつぶやく。

「それでもな、ドラマーってのはミュージシャンの中じゃいちばんおとなしいもんだ」

「こんな話をたっぷり聞かされた後じゃ全然説得力がないんですが……」

「なに、比較論だよ。なにしろドラマーってのはひとりじゃなんにもできんからな。アンサンブルがなきゃ始まらん楽器だ。人付き合いが大事なわけで、ほんとうにおかしいやつには仕事が来なくなる」

なるほど。言われてみればその通りだ。

「わしも仕事をやめて以来ひとりで気ままにやっておったが、楽な反面ひどく退屈でな。この歳でようやく、ひとりには向いていない性分だと気づいた。引退後の楽しみにと船旅の予定も入れとったが、すっぱりキャンセルした。海の上じゃドラムも叩けんしな……」

そこで僕は、ふと例の『無人島に持っていくドラム』の話を思い出し、禄朗さんにぶつけてみた。

「無人島にドラム？　なんだそれは」

変な顔をされた。そりゃそうだ。

「あの、無人島に本一冊だけ持っていくなら、とか、レコード一枚だけなら、とかそういうのあるじゃないですか。そのドラム版ていうか……まあ、その、与太話なんであんまり気にしないでください」

禄朗さんはしばらく考え込み、グラスの底に二ミリほど残った琥珀色の液体を喉に流し込むと、遠くを見つめたまま答えた。

「なにも持っていかんな、わしなら」

「え？」

「ドラムにしても、レコードにしても。持っていったら、その音を聴くしかなくなるだろう。でも、なにも持っていかなければ、目を閉じるだけでどんな音楽だって心の中で再生できる。最高だろう」

そのときの禄朗さんの横顔には、乾いた悲喜の陰影が幾筋も刻まれていて、ほんとうに無人島で永い孤独の月日を過ごした人みたいに見えた。

階段の方からチャイムが聞こえたのは、僕と禄朗さんがピアノとドラムスのアレンジについてあれこれ話し合っている最中だった。

「お邪魔します。お祖父さま？　地下ですか？」

少女の声が聞こえた。続いて階段を下りてくる足音。

「真琴さんっ？」

詩月だった。

「おっと、もうこんな時間か」

禄朗さんが壁の時計を見やる。もう七時を回っていたので僕もびっくりする。セッションと音楽談義に没頭していて時が経つのを忘れていた。

「真琴さんがどうしてお祖父さまと」

駆け寄ってきた詩月が僕らを見比べて目を丸くしている。華道の稽古が終わってから直で来たのだろうか、手には華道具を入れたバッグを提げている。

「あー、その……学校帰りに声かけられて」

僕は説明に詰まった。

冷静に考えると、いきなり車で僕を拉致した禄朗さんも、おとなしくついてきてしまった僕も、行動がおかしい。

「せっかく東京に出てくるのだから、おまえが常々話していた村瀬君と実際に話してみたいと思ってな。さっと車を出して攫ってきたんだ」

禄朗さんはこともなげに言う。

「そうだ、村瀬君。セッションを堪能しすぎて本題を忘れておったな」

「本題、ってなんでしたっけ」

「おまえさんがこの家を受け取る資格があるかどうかの査定だよ」

聞いた詩月がぎょっとした顔になる。

「そういやそんなこと言ってましたけど……あの、冗談ですよね？　赤の他人の僕が家をもらう筋合いないですし……」

「真面目な話だ。この家は遺言書で詩月を相続人にしてあるから、おまえさんが詩月と結婚するなら将来的におまえさんのものになる」

「お祖父さまッ？」

詩月の声が裏返る。顔が真っ赤になっている。僕はもう口をあんぐり開けて固まっていた。

なんだそりゃあ。

禄朗さんはそんな僕らを横目で見て、ピアノに視線を移し、続ける。

「しかし、査定の結果としては、失格だな。リズム感は悪くないが、あんな素人に毛が生えた程度のピアノしか弾けん男に詩月はやれん」

「はあ」

安堵している僕だった。そもそも結婚する予定なんてないのだし、よくわからん思い込みで変な方向に話を進められても困る。

ところが詩月が僕を押しのける勢いで禄朗さんに食ってかかる。

「お祖父さまっ、真琴さんはピアノが本職ではないので、他の分野で査定してほしいといいますか、その、ベース――もあんまり上手くないですからギター……も大したことないですし、ええと、あっ、そうです女装はものすごくお上手で」

フォローしているつもりなのかもしれないが僕のメンタルは傷だらけだった。ていうか査定しなくていいから。禄朗さんもかかかと笑ってないで止めてください。

「なに、気に病むことはない。チャンスが今回きりというわけでもないんだ。また腕を上げて挑戦しろ。ただ、あまり長くは待てんぞ、わしも老い先短いし早く曾孫の顔が見たいからな」

「い、いや、なに言ってんですか。あの、セッションはとても楽しかったのでまたご一緒したいですけれど、べつにそういう意図では」

「真琴さんっ！　そんなふにゃふにゃの気概でどうするんですか、もっと挑戦する気持ちをなんでおまえが怒るんだよ。

強く持ってくださいっ！」

禄郎さんは酔っ払ってしまっていたので聴き役に回り、僕と詩月でためしに何度か『クレオパトラの夢』を合わせてみた。でも僕の演奏はさっきよりもさらにガタガタだった。詩月のジャズドラムの腕も悪くはないのだけれど、僕みたいなジャズ素人さえもなんなくリードできる禄郎さんのドラミングはやはり別格みたいだった。

そうこうしているうちにだいぶ遅い時間になってしまい、僕はおいとますることにした。

「勝手に連れてきたんだから家まで送ってやるべきだろうが、つい深酒してしまったからな」

禄朗さんは頭を下げてくる。

「いや、いいんですよ。駅も近いから大丈夫です」

詩月が駅まで送る、といってついてきてくれた。もう十月なので陽が沈んでしまうと夏の残り香はすっかり消え、ひんやりと心地よい風が首筋を撫でた。暗い街路に、僕ら二人の影が街灯を受けて長く伸びる。

「この週末は、お祖父さまと一緒にあのお家で過ごすんです」

道すがら詩月は話してくれる。

「じゃあ気が向いたらふらっと地下室行ってセッションできるのか。いいなあ」

「真琴さんも、明日も明後日も遊びにきてくださっていいんですよ？　いえむしろ泊まっていっても」

「いや、邪魔しちゃ悪いし、あと今週末は新曲のデモテープ作りで潰れちゃうから」

「そう……ですか」

詩月は肩を落とす。僕はあわてて補足した。

「かっこいいお祖父さんだね。ドラムスめちゃくちゃ上手いし、趣味広いし。口を開けば面白い話しか出てこないし」

「そうなんです！　ほんとうに素敵なお祖父さまで、私も小さい頃から大好きで、去年までずっと預かってもらっていたのですけれど毎日それはもう楽しくて」

「僕もあんなお祖父さんがいたらよかったよ。うち、母方も父方も割と早くに亡くなっちゃってて、顔もろくに憶えてないし」

「私と結婚すればお祖父さまは真琴さんのお祖父さまになりますよっ」

そんなことのためだけに結婚できるか。詩月にも失礼だし。

「そうして三人であのお家で暮らして、土曜日は朝から晩までセッションして、日曜日も朝から晩までセッションして、月曜日も朝から晩までセッションして、もう一年中朝から晩まで」

詩月が踊るような足取りで僕の数歩先をくるくる回りながら熱っぽい口調でつぶやく。僕は苦笑いする。

「学校とか仕事はどうすんの」

「お祖父さまはお金持ちですから大丈夫です！　資産を食い潰しましょう！」

どこまで本気なのやら。

しかし、妙に浮かれている詩月に僕はなにか違和感をおぼえ、訊いてみる。

「……なんかあったの？　……親御さん、とか？」

横断歩道の前で詩月は立ち止まった。

車たちがとげとげしいヘッドライトを散らしながらすぐ向こうの車道を行き交い、乱暴な風が詩月の髪の房を泳がせる。

振り向いた彼女の顔は逆光に沈んでいて、表情が読み取れない。

「……いや、あの、勘違いだったらごめんなんだけど。……あの家は詩月のための隠れ家なんだって言ってたし、あと、華道具持ってきてただろ。家に寄らずに来たってことで、ひょっとして親になにも言わずに来たのかな……とか勘ぐっちゃったんだけど……」

詩月の唇がかすかに動いたのだけがわかった。

「……真琴さんは、どうしてそう——大切なところには鈍いくせに、気づいてほしくないところには鋭いんでしょうね？」

冗談めかした口調ではあったけれど、危ういもろさを感じさせる声だった。

「心配していただけてとてもうれしいです。でも大丈夫。私がなにかあったわけじゃないんです。ただ週末、母や父といっしょにいたくないので避難してきただけです。あの人たちは自分のことで手一杯で娘がいないのに気づきもしないかもしれません」

そんな話を聞かされたこっちは全然大丈夫じゃなかった。

信号が切り替わり、車の流れが淀んで溜まる。詩月は不安な足取りで横断歩道を渡り始める。僕はあわててその後を追った。

駅に着いてからも、しばらく切符売り場の近くで僕ら二人は言葉なく立ち尽くし、改札口に呑み込まれたり吐き出されたりする人の群れをぼんやり眺めていた。

「ええと、その、ですね……」

やがて詩月が言いにくそうに口を開く。

「実は私もよくわかっていないんです。百合坂の家は親族も大勢いて、事業もたくさんやっていて、しょっちゅう揉め事を起こしていて。あと今回は父がまた愛人をつくっていたのがばれたりして。母は家元として稼ぎがありますから離婚しても全然平気で、むしろ別れて困るのは仕事でのつながりがいくつも切れちゃう父の方らしくて、それで今週末に我が家に一族が集まって今後のことを話し合うことになって」

なにも言えなかった。ぐちゃぐちゃすぎて頭が痛くなってきた。

詩月は照れくさそうに続けた。

「そんな場にいたくないじゃないですか。だからお祖父さまに電話したんです。そしたら東京まで出てきてくれる、って」

まさか真琴さんがいるとは思いませんでしたけど、と詩月は笑った。

「前と同じように、さっと避難するだけです。詳しい事情なんて私も知りませんし、知りたくもないですし、私がなにか困ってるわけじゃないんです。全然大丈夫です。お祖父さまがいてくれますから」

僕は足下に目を落とした。

発車アナウンスが遠く聞こえる。夜気がしんと頭に染み込んでくる。

もう一度視線を持ち上げた。

詩月はまだ柔らかく微笑んでいる。

たしかに、大丈夫そうだ。彼女自身の問題じゃないし。禄朗さんがついていてくれる。なのに不安で胸がざわついているのは、急に冷え込んできたせいだろうか。

「……うん。じゃあ、また月曜日、学校で。……禄朗さんによろしく」

「はい。真琴さんも帰り道、お気をつけて。おやすみなさい」

プラットフォームで電車を待つ間も、詩月の言葉の一つ一つと、それから禄朗さんとぶつけ合わせたビートが重なって、僕の耳の中で潮騒のように響き続けていた。

4　いとしのルビー

「新曲、なんかジャズっぽいね」

朱音にはすぐに見抜かれた。

「ふうん。言われてみれば」

凛子はそう言ってシンセサイザーのパネルに手を伸ばし、音色を少し暗めのピアノに変え、僕が持ってきた新曲のイントロを複雑な半音階のアドリブで分解して弾いてみせた。ほんとに器用なやつだ。

「うっわ！　どジャズ！　あたしそんなのに合わせる自信ないよ！」と朱音は笑い転げるが、それでもなんかそれっぽいギターを添えてくるのだからこっちも大したものだ。

週明けのスタジオ練習で、デモ音源をはじめて聴かせたところ、出てきた感想がこれである。緑朗さんとのセッションが印象に残りすぎていて、この週末あれこれとジャズをつまみ食いした結果、自分で作った曲に露骨に影響が出てしまったみたいだ。

「いや、うん、これはデモだからあんまり気にしないで、アレンジはこれから考えていくわけなので」

ちょっと自信がなかった僕はおずおずと言い添える。

さっそく凛子の冷たい言葉が返ってくる。

「わかってる。このデモのピアノは使い物にならない。ジャズっぽさを表面的に真似しただけだし全然ぐっとこない」

最近はもうこの辛辣さがないと物足りなくなってきた僕である。

ところが、詩月のドラムスも入れて一度とりあえず合わせて演ってみると、ワンコーラス終わった後で朱音が声を張り上げた。

「しづちゃんのドラミングもなんかジャズっぽいんだけどっ？　あと真琴ちゃんのベースと合いすぎてて怪しいんだけど！　二人とも週末なにかあったでしょ！」

僕は目を伏せる。どんだけ勘が鋭いんだよ。

「なっ、なにもありませんよっ？」

詩月は声を裏返らせる。

「ほんとうです！　夜遅くまで地下室でいっしょに過ごしただけですから！　凛子さんみたいにお泊まりなんてまだしてませんから！」

顔を赤らめ、バスドラムをどすどす踏みならしながら強弁する。言い訳しない方がましである。いや、べつに隠すことでもないんだけど、お祖父さんもいっしょだったことだけピンポイントで伏せるのやめてくれないかな。凛子も朱音も変な目で見てくるじゃないか。

「金曜日の帰り際に、詩月のお祖父さんがいきなりね――」

しかたなく僕が最初から説明する。

豪邸の地下にライヴスペースがあるところまで話したら朱音の目がぎらぎらし始めた。

「あたしその家住みたいっ！」

欲望に忠実なやつだ。いや、僕もまったく同じことを思ったけれど。

「しづちゃん、あたしと結婚しよ！　いっしょにその家で暮らそ！」

「いえ、私は心に決めた人がいますから」

「大丈夫だよ、女どうしの結婚はノーカンだから！　その後で男の人ともちゃんと結婚できるからね！」

「たしかに……言われてみれば……」

詩月は腕組みして小首を傾げる。

なにが「言われてみれば」なんだ？

そこに凛子もしれっと参戦する。

「二人とも、結婚するのはいいのだけれど、料理はどちらが作るの？　作れるの？」

詩月と朱音は顔を見合わせた。

「あたしは全然だけど」と朱音。「しづちゃんはできそうだよね。雰囲気的に」

「私も鋏とドラムスティックしか持ったことが……」

「えっ、お嬢様なのにっ？　花嫁修業とかしてないの？」

「花嫁修業――」

詩月は目を見開き、なぜか僕の方にちらっと視線を走らせてきた。

「――え、ええ、もちろん、練習はしています！　たとえば酢豚にパイナップルを入れないようにする練習など」

はじめて聞いたわそんな練習。え、練習しないと入れちゃうの？　そのパイナップル、酢豚のこと好きすぎじゃない？

凛子がものすごくわざとらしいため息をついて首を振る。

「そんな体たらくで結婚しようなんて身の程知らずもいいところ」

「そんな言い方しなくても……。凛子は料理得意なの？」と僕は訊ねる。

「全然できないにきまってるでしょう」

「そのえらそうな態度はどこの油田から湧いてくるわけっ？」

「あのね、村瀬くん。わたしはかつて職業ピアニストを目指していたの。五歳くらいからもうコンクールで優勝しまくって将来を有望視されてて親も本気だった。母が学校までわざわざ乗り込んできて『うちの子は体育と家庭科と図工の実技授業を免除してください。指を怪我でもしたら賠償請求します』と教員を脅すくらいだったの。当然ながら家でも台所に入れてすらもらえなかった。料理なんてできると思う？」

「なんで説教口調なんだよ。ていうかおまえの親怖いな！　知ってたけど！」

「真琴ちゃんは料理できるの？」

ふと朱音が訊いてくる。詩月もその質問にものすごい反応を見せて食い入るような目で見つめてくる。

「……まあ、少しは。親がしょっちゅう家空けるし、姉貴もめんどくさがりだし、僕が作るしかない日がけっこうある」

「なんだ。じゃあ安心だね」

「なにがっ？　僕が結婚するわけじゃないんだけど？」

「全然安心じゃありません、むしろ一大事です！」と詩月が青くなって言う。「このままじゃ育児も掃除も洗濯も料理も作詞も作曲も動画編集もぜんぶ真琴さん任せになってしまって過労死です」

「いや掃除洗濯くらいはやれよ——じゃなかった！　ああもう突っ込むべき場所がわからなくなってきた！」

「たしかに村瀬くんに任せきりにしていたら唐揚げに一生レモンがつかない」と凛子。「じゃあこれから料理の練習をしましょう」

「これから新曲の練習をするんだよ！」

さすがに僕は軌道修正すべく声を張り上げた。

「スタジオだよ？　金払って借りてるんだよ、雑談してるだけじゃもったいないよ！」

発破をかけると一発でものすごい完成度のプレイが出てくるから、ありがたいやら腹立たしいやら。

「怒ってた村瀬くんのベースがいちばんひどかったけど」

フルコーラス演り終えた後で凛子の冷たい一言が飛んでくる。返す言葉もない。

「真琴ちゃん、ジャズベースの才能ないから、四分でボンボンボンってやるのやめよう。リズムとりづらい」

朱音がより具体的に追撃してくる。僕は胸が痛くなってきて膝を折った。

「あの、真琴さん……」

詩月だけはフォローしてくれるはず！　と僕は顔を上げた。

「今度目黒のお家でセッションするときは、お祖父さまにベースやってもらいましょう」

いちばんひどかった。

＊

禄朗さんとのセッションの機会は、意外にも早く巡ってきた。

聞けば、詩月はあれからもずっと目黒の別邸で暮らしているのだという。

「母と父の話し合いがうまくいってないみたいなので、避難生活続行です。ちょっと遠いので通学は不便ですけれど、他はもうなんにも不満ありません」

詩月は嬉しそうに言う。

「あっ、前にも言いましたけれど、なんにも心配要りませんよ。むしろこのままずっとお祖父さまと暮らそうかなって思うくらいです」

「家の人が連れ戻しにくるんじゃないの」

「みんな嫌がって近づかないから大丈夫です。お祖父さまは百合坂家とほとんど絶縁してるんです。昔ずいぶんむちゃくちゃをしたみたいで。家業も家族もみんな放り出してアメリカに渡って事業興して大もうけしたんですって」

映画の話題でも口にするみたいにころころ笑いながら詩月は言う。

「お父さまも常々、あんなの親とは思ってない、って言ってます。捨てられたんだから無理もないですけれど。でも私にとっては最高に素敵なお祖父さまです」

ほんとうにむちゃくちゃな人だった。

幻滅——は、しないな。それくらいやりそう、という気がしてくる。やっぱりジャズプレイヤーって浮世離れした人が多いのかな。失礼な偏見だろうか。

「それで、お祖父さまが真琴さんを連れてこい、って言っているのですけれど」

学校からの帰り道の話だったので、凛子と朱音もこれを聞いていた。

「あたしらは？」

朱音がさっそく詩月の顔をのぞきこむ。

「え？　……いえ、その、朱音さんはお祖父さまと面識ありませんよね？」

「ないけど。しづちゃんずるい。邪魔しにいきたい。凛ちゃんもなんか言って！」

「わたしはそういうおとなげないことはしないから」

「ええー」

「村瀬くんのLINEにこの使いどころがわからない『ひたすらチャーチルの名言を叫ぶ近所のおばさん』スタンプを五分に一回送りつけるのがわたしのやり方」

「使いどころよりもおまえの買った理由がわからないよ……」

「えっなにそれあたしもほしい」

スマホを取り出す朱音。しばらくして僕のスマホも通知音がひっきりなしに鳴るようになってしまう。

「バンドのLINEグループでヤルタ会談すんのやめてくれるっ？　しかも全部同じおばさんの顔で！　怖いよ！」

朱音はけたけた笑って歩道からはみ出そうになった。危ない。

そんなやくたいもないやりとりをしている間に僕らは駅に着いてしまう。僕と詩月は、普段使わない目黒方面への路線なので、朱音や凛子と地下道で別れる。

「晩ご飯もいっしょにどうですか、真琴さんっ」

二人が見えなくなったところで詩月が浮ついた声で訊いてくる。

「この間いきなり連れてきちゃったお詫びとお礼がしたいってお祖父さまが」

「え？　いや、べつに、僕も楽しかったからお詫びなんて」

詩月がしょんぼりしたので僕はあわてて言う。

「あ、う、うん、お相伴します。せっかくだし」

親にLINEを入れる。今日は友だちの家で夕飯までご馳走になってきます。帰りもちょっと遅くなります。

目黒の家に着くと、出迎えてくれた禄朗さんはどんよりした顔色で、まぶたもたるんでいた。僕と詩月を見てうんうんと何度もうなずく。

「来てくれたか。ありがとうな。昼間ずっと寝てたんでこんなだらしない様子ですまんな」

とはいえ、チャイムが鳴ってから急いで着替えたのだろう、服装はぱりっとしていて社交性の高さを感じさせた。僕が同じ状況だったら絶対にパジャマのままだ。

「一杯やれば目も醒めるだろう」

「お祖父さま、お酒は控えるようにってお医者さまに言われてるんでしょう」

詩月が心配そうに言うが、禄朗さんは笑って手を振り、キャビネットから酒瓶とグラスを取り出した。

「飲まずにスウィングできるか。村瀬君、飯も食っていくんだってな」

「あ、はい。ご馳走になります」

「私が作りますねっ」

詩月が勇ましく言ってエプロンを着けるので、僕は目を丸くする。

「……え？　いや、だって、こないだ料理できないって……」

「はっは。まあ、下で遊びながら待っていようじゃないか」と禄朗さんは僕の肩を叩いた。

スキップぎみの足取りで台所に向かう詩月を不安いっぱいで見送り、僕は禄朗さんに連れられて地下のライヴスペースに下りた。

立派なオーディオも完備されているので、禄朗さんはジャズのレコードをあれこれ聴かせてくれた。ピアノ中心だったのは、僕にとってなじみのあるものを、という配慮なのだろう。色んな年代のピアニストの演奏を一通りかけた後で、最後にバド・パウエルに戻ってくる。

「どうだ、バドのすごさがわかるか？　正直に言っていいぞ」

禄朗さんはにまにま笑ってスコッチを嘗めながら言う。

「いやあ、はい。……正直に言うと、あんまりよくわからないです。王道ジャズ、って感じですけど。すごいっていうなら、セロニアス・モンクの方がめっちゃすごかったですね」

テーブルに並べられたレコードジャケットの一枚を僕は指さす。サングラスをかけた気難しそうな細面の黒人が映っている。禄朗さんはうなずいた。

「モンクは、わかりやすいすごさだからな。いかれてる。だれもついていけなくて、だから最後の方はほとんどピアノソロだ」

グラスの中で氷が鳴る。

「対してバドのすごさは、ただ聴いててもわからん。素人はよく言う。いわゆるジャズっぽいピアノだな、他のジャズピアニストと同じような演奏してるな、と。おまえさんもそう感じたんじゃないのか」

「え、ええと……はい、まあ……すみません、素人で」

「いや。それでいいんだ。おまえさんの耳は正しいよ」

禄朗さんはグラスをテーブルに置き、背後のステージにひっそりとたたずむグランドピアノをちらと振り返る。

「ただ、考え方が逆だ」

「逆？」

「バドが他と同じように弾いてるんじゃないんだ。他のピアニストがどいつもこいつもバドと同じように弾いてるんだ」

しばらく、禄朗さんがどれだけとんでもないことを言っているのか理解できなかった。僕がぽかんとしていると禄朗さんは目を戻して続けた。

「おまえさんがなんとなく思ってる『ジャズっぽいピアノ』ってのは、バドが創ったんだよ。

みんなぶっ飛んだろうな。憧れて、真似した。わしもその時代に生まれてみたかったよ」

言葉が出てこなくなり、僕もまたピアノに目を移した。黒く濁った側面に、僕と老人の姿がたばこの煙のように細く映り込み、回り続けるシーリングファンの影が眠たげなリズムでその上を横切っていた。

足音が階段を下りてくるのが聞こえた。

「おまちどおさま!」

詩月だった。大きなトレイに湯気を立てる皿を満載している。

テーブルに並べられた料理はどれも見栄えがして、美味しそうだった。

「え、これ詩月が作ったの? 料理できないんじゃ――」

「修業しましたからっ」

「藤村さんが作り置きしてくれてたのを温めただけだろうが」

禄朗さんがすぐにつっこんだ。藤村さん、というのはお手伝いさんの名前らしい。茨城のお屋敷で昔から雇っている人なのだそうだ。わざわざこっちにも来てもらっているわけだ。

「お祖父さまっ! どうしてすぐにばらすんですかっ」

詩月は涙目で言った。

「だましたかったらもっと気を遣え。ドレッシングとビーフのソースを取り違えとるぞ」

「あっ……」

真っ赤になって黙り込む詩月。僕はあわてて言った。

「大丈夫だよ、似てる味だから、ちゃんと美味しいよ」

「……いえ、共通しているのは醬油とオニオンのすりおろしだけですね、ドレッシングの方はヴィネガーがワインとリンゴですし香りづけに紫蘇とバジルですからお肉にあまり合いません、逆にソースの方はオレガノの香りが強すぎますし蜂蜜も少々入ってますからサラダとは相性が良くないかと」

「なんでそこまでわかるのに料理できないいんだよっ？」

そんな高級な舌を持ち合わせていない僕は豪華な夕食を大いに楽しんだ。禄朗さんは酒を飲んでばかりでほとんど食べず、詩月もかなり小食なので僕の胃袋にかなりの負担が回ってきた。

食休みの間、禄朗さんが詩月に訊ねる。

「敏夫も美樹子さんも心配しとるんじゃないのか。もう一週間も家に帰っていないんだろう」

詩月の両親の名前だろう、おそらく。

「帰ってこい、のメールは何度も来てますけれど、心配なんてしてるわけじゃないと思います。父は私を味方につけておくと離婚調停で有利になると思ってるだけ、母はお花のことしか頭にないですから、私が最近お稽古を休んでいるのが気にくわないだけです」

詩月は取り澄まして言う。これ、完全部外者の僕が聞いてちゃいけない話なのでは、と不安になってくる。

「ふうむ。敏夫の女癖の悪さはわしの遺伝だな。美樹子さんも苦労しとるだろう。子供に迷惑をかけた度合いでいえばわしの方が断然ひどいから敏夫を怒る資格はないがな」

笑いごとじゃない気はしたが禄朗さんだけじゃなく詩月もくすくす笑っている。

「しかし、いつまでもこの生活を続けてはいられんぞ」

「あっ……そ、そう……ですよね」

詩月はコーヒーカップに目を落とす。

「お祖父さまにずっと甘えているわけには——いきませんよね」

「べつにおまえを邪魔にしてるわけじゃない。ただ、藤村さんも長いこと遠くから通ってもらうのは悪いしな」

「そうでした……ごめんなさい、私、自分のことばかり考えて」

「わしもできるならいつまでもおまえと暮らしてたいがな、この先色々あるかもしれんからそうもいかんのだ」

「そっ、そうですよね、お祖父さまにだって予定が……」

詩月は頭を抱えてしまう。禄朗さんはふうっと息をついて声の調子を変えた。

「すまんな。責めてるわけじゃない。もちろん今日いきなり帰れって言っているわけじゃないぞ。村瀬君も来てるしな。今夜は気が済むまでセッションだ」

「……はいっ」

暗い雰囲気を振り払うように詩月は立ち上がり、食器を片づけ始めた。

禄朗さんは倉庫から背丈と同じくらいある楽器ケースを引っぱり出してきてステージに横たえ、開いた。

コントラバスだ。

「ベースも弾けるんですか」

詩月が『お祖父さまに弾いてもらう』とか言っていたけれどマジ話だったのか。

「一通りなんでも手をつけたよ。どんなステージにもふらっと飛び入りできるようにしときたかったんだ。アメリカのあちこちをうろついてた頃は、毎晩クラブでそんなことばかりしてお

った」

人生の達人、と僕は思った。

禄朗さんがチューニングをしていると、洗い物を終えた詩月が地下室に戻ってきて、わくわく顔でドラムセットの椅子に腰を据え、手首の柔軟運動を始める。禄朗さんが言った。

「さて、今日はトリオだから、この間よりはましなプレイにしたいもんだな。村瀬君、得意な曲をなんでもいいから片っ端から弾いてみてくれ」

「え？　いや、こないだも言いましたけど、ジャズは全然」

「この間とちがって今日はベースが入る。クラシックだろうがカントリーだろうがそれっぽく演ればジャズにできる。なにかしらあるだろう。気にせず弾けるやつを教えてくれ」

しかたなく、僕は自分の乏しいピアノレパートリーを一曲ずつ披露していった。バッハ、ベートーヴェン、モーツァルト、といったあたりは（下手なのもあって）禄朗さんも苦い顔をしっぱなし、詩月もドラムセットの向こうで笑いをこらえている。

でもゲーム音楽に切り替えたところで禄朗さんの表情が変わる。

「今の、いいじゃないか」

「え？　……これゲームのBGMですよ？」

「そうなのか。どこかで聴いたことがあるな。のれるし、こくがある。演り甲斐がありそうだ。ゲームの音楽ということはループするな？　セッション向きじゃないか。一通り聴かせてくれ、コードを憶えるから」

たしかにゲームのBGMは終わりがなく、延々ループするように作られているから、ジャムセッションに向いている。いや、しかし。

僕が一巡弾いただけでコードをつかんでしまった禄朗さんは、詩月に指示を出す。

「テンポは三分の二くらいに落として、もたれ気味の方が面白いだろう。普通のレガートとハイハットの2&4で、リムとか入れてけ」

それからコントラバスを抱えて高いストゥールに腰掛ける。

僕は覚悟を決め、ピアノに向かった。詩月に目配せすると、最初の9thコードをほとんどやけくそなタッチで叩いた。

すさまじい加速度に僕はのけぞった。

詩月の粒立ちの良いシンバルさばきの下で息づく禄朗さんのビートが、僕の心を駆り立て、休む間もなく次のフレーズへ、また次のフレーズへと跳び移らせる。目に映るものすべてが猛スピードで流されていき、ほんのひと瞬きで昼と夜がひっくり返る。

禄朗さんの選んだ曲は、信じられないことだけれど、『スーパーマリオブラザーズ』の地上BGMだった。鮮やかな原色の粗いドットを思い起こさせるはずのあの軽快なメロディが、けれどリズム隊二人の深みにまで響く動力によって、紫煙の香る苦く仄暗い歌に変わっている。僕の指のぎこちなさはあっという間に向かい風の中に吹き散らされ、後に残った熱っぽい焦燥がスウィングし始める。

それは命がけのドライブだった。僕らのマリオは片時も立ち止まらなかった。クッパの待つゴールが訪れることもなかった。少しずつ表情を変える新しい景色が僕の指の間から紡ぎ出されて現れては消え、また現れては消えを繰り返し続けた。自分の中にこれほどたくさんの旋律のかけらが眠っていたなんて気づかなかった。

そうしてマリオは森を抜け、海を泳ぎ切り、砂漠を突っ切り、雲の上を駆け――

最初にへばったのは禄朗さんだった。

詩月の走らせるリズムについていけなくなり、何度も音を外し、やがて大笑いしながら禄朗さんは演奏を止めて手を振った。

「……まああだったじゃないか」

コントラバスにもたれかかるようにして荒い息をつきながら禄朗さんは僕を見る。

「悪いな。もう体力が保たん。少々飲み過ぎたか」

「少々じゃありません！　足がふらふらじゃないですか、お祖父さま」

詩月が頰をふくらませて立ち上がる。

孫娘の手を借りてテーブル席に戻った禄朗さん、それでも懲りずに酒瓶に手を伸ばすのだから始末に負えない。

「ここまでオーバーヒートしたら酒で冷やさんとな」

「もうっお祖父さまっ」

でも冷却が必要なのは僕も同じだった。禄朗さんから氷水をもらって一気に飲み干す。身体じゅう汗みずくだった。

「わしは休憩して聴く側に回るよ。二人で気が済むまで演ってくれ」

その後は詩月とパートを交換してお互いの拙さに大笑いしたり、禄朗さんにコントラバスを借りてちょっとやってみてすぐにあきらめたりと、もうしっちゃかめっちゃかだった。

だいぶ遅くまで長居してしまい、もう帰りますというと、夜中で危ないからと禄朗さんがタクシーを呼んでくれた。

「泊まっていってもいいんだぞ。詩月も喜ぶだろう。わしも早く曾孫が見たい」

「お祖父さまっ？　な、なにをおっしゃるんですかっ」

詩月の声が裏返る。ほんとそういうのやめてください。セクハラですよ。

「次のセッションはもうちょっと張り合えるように練習してきますよ」と僕は答えた。「もうちょっとしっかりジャズな曲も……ええと、じゃあセロニアス・モンクのどれか一曲憶えてきます」

「ほう。大きく出たな」と禄朗さん。「次のセッションか。やれるといいな」

ずいぶん弱い言葉が返ってきたので、僕はかすかな不安をおぼえながら、やってきたタクシーに乗り込んだ。

不安は的中した。

セッションの約束は、果たされなかった。

＊

文化祭が押し迫り、校内の雰囲気もぴりぴりしてきた翌週木曜日、詩月がいきなり学校を休んだ。

僕らも中夜祭ライヴに向けてそろそろ練習に本腰を入れなければと思い、夕方からスタジオの予約を入れていた。ところが朝から詩月が学校にいない。

LINEに既読もつかない。昼休みに職員室に行って三組の担任に訊いてみると、「百合坂さんとは朝から連絡がとれない」という。

そう報告すると、凛子はむっとして言う。

「ライヴが近いのに貴重なスタジオ練習を無断で休むなんて詩月はたるんでる」

「おまえよく他人のこと言えるな……」

先月の自分の所業はもう忘れちゃったんですか？

「しづちゃんが練習休むなんてよっぽどのことだよ。心配」

朱音が自分のスマホをにらんで言う。僕もうなずいた。あいつの性格なら、急な用事が入っても僕らに一報入れるはずだ。その余裕さえなかった……？

嫌な予感がする。

僕のスマホが震えた。詩月からの着信だった。

「もしもしっ？　今――」

『真琴さん、ごめんなさい』

詩月のよれよれに痩せ細った声が聞こえてきて、僕は言葉を失う。

『今日の練習、休ませていただいても――いいですか……』

「どうしたの。なにかあったの？」

電話口の向こうでなにかがこすれ合う音がした。

いや、これは……嗚咽？

『……昨日、お祖父さまが倒れて。……さっきまで手術していました。まだ目を醒まさなくて、私がついていないと』

僕は病院の名前を聞き出してすぐに電話を切り、校舎の玄関口の方へと走り出した。昼休み終了五分前を告げるチャイムが背後で鳴った。

「村瀬くん？」「真琴ちゃん、どうしたの」

二人の声と足音が追いかけてくる。

内堀通り沿いにある大きな総合病院だった。

受付で確認し、特別病棟の六階に向かう。

人気のない廊下の壁際のソファに、詩月はぽつんと腰を下ろしていた。僕らが近づいていっても、しばらく顔を上げない。

「……あっ。……真琴さん」

反応の鈍さ、乱れた髪、そして目の下のくまが疲労をありありと感じさせた。

「みなさんで、来てしまったんですか」

詩月は笑おうとしてうまくいかず頬が痙攣しただけ、みたいな表情で言う。

「午後の授業は……みんなでさぼってしまったんですか」

なんでそんなところに気を回すんだ、と思いながら、僕は背後の凛子と朱音にちらと目を走らせる。抱えてるものがあまりにも重すぎると、無意識に逃げ場所を探してどうでもいい事柄に注意が向けられるのだろうか。

「お祖父ちゃんは……？」

朱音が病室の戸を見やってこわごわ訊ねた。

詩月はうつむく。

「……眠ったままです」

返ってきた言葉はそれだけだった。僕らは廊下の真ん中で立ち尽くした。ぞっとするほど静かだった。

やがて足音が静寂をかき乱す。

「お嬢さま、着替えを持ってまいりました」

声に振り向くと、人の良さそうな初老の女性が紙袋を手にこちらへとやってくるところだった。僕らに気づき、小さく頭を下げる。

「学校のお友達——ですか」と僕らの制服姿を見てその女性は言う。「禄朗さまの身のまわりのお世話をさせていただいている者です」

僕らも頭を下げるしかない。この女性がたぶん、お手伝いの藤村さんという人だろう。

「それで、お嬢さま」と彼女は詩月に向き直る。「ひとまずお宅に戻ってお休みください」

「いえ。大丈夫です。ここにいます」

詩月は気丈に答えた。

「ここはシャワーも借りられますし。食事も、摂れる場所がありますから」

「でも……」

「藤村さんこそ、昨日からずっとでしょう。ありがとうございました、お疲れさまでした。あとは大丈夫ですから」

お手伝いさんは、それでもなにか言いたげに詩月を見つめ、一度だけ助け船を求めるように僕にちらと目を向けたが、やがてあきらめ、深々と一礼して廊下を歩き去った。

「昨日からずっといるの？　寝てないんじゃないの？」

朱音が詩月に寄って訊ねる。

「いえ、はい、うつらうつらとは……」

曖昧に詩月は答える。朱音を見ようとして目の焦点が合っていない。

「でも、お祖父さまが起きるまでついていたいですから」

「容態はどうなの」

平坦な口調で凛子が訊ねた。

詩月はなにも答えず、目を伏せてしまった。

氷雨の夜みたいな沈黙が下りた。僕らはそれぞれの爪先を見つめることしかできなかった。

次にやってきた足音は、複数人のものだった。詩月が目を上げ、「先生」と小声で言って、ソファから立ち上がる。

白衣の男性二人と女性一人がやってくるのが見えた。先頭の男性は、硬そうな濃いグレイの髪に太い黒縁の眼鏡の、いかにもな威厳を漂わせた医師だった。

「このたびは、無理を聞いていただいてありがとうございました」

詩月は頭を下げる。その大人びた物言いに僕はぞっとした。

「いえ、大恩ある会長ですから私が執刀するのは当然です」と医師は言う。

会長、というのは禄朗さんのことらしい。

「それに、まだお礼を言われるのは早いですよ。手術が終わっただけです。この後も我々は全力を――」

そこで医師は言葉を切って、僕らをざっと見てから詩月に訊ねる。

「ご学友……ですか」

「はい」と詩月は力なく答える。

「ご両親や――ご家族は？」

詩月は首を振った。

「電話しましたけれど、だれも」

医師は細く嘆息した。

「困りましたな。今すぐにでも集まっていただきたいのだが」

胃の底がごろりと痛んだ。

医者が、患者の家族に集まってほしいと考えている、ということは――。

「会長はお子さんたちと疎遠だとは聞いていましたが、こんなときにまで……」と医師は心底無念そうにつぶやく。

そうだ。この場所に今いるべきは、僕や朱音や凛子なんかじゃないのに。

「術後についてご説明したいのですが……しかたありません、詩月さんに……」

そのとき、凛子が横からいきなり言った。

「詩月。わたしたちはもう帰るから。スタジオ練習があるし」

僕は驚いて凛子を見る。彼女は朱音の腕をぐっと強くつかんでいる。

「文化祭までもう一ヶ月もないし、新曲も全然仕上がってないから」

詩月はうつろな目で凛子を見つめている。

「わたしたちは、わたしたちにしかできないことをやる。あなたと同じように」

冷酷で、優しい言葉だった。しばらく時間を置いて、詩月はうなずいた。

医師たちの目の前を横切ってエレベーターの方へと向かう凛子と朱音の背中を見て、ほんとうにいいのだろうか、と迷いながらも、僕も足を動かす。

しょうがない。僕は家族でもなんでもない。ここにいたってしかたがない。

ところが、凛子が立ち止まって振り向き、僕の肩を乱暴に押し戻した。

「なにしてるの。あなたは詩月についてなさい」

「え？」

「あなたにしかできないんだから」

呆然と立ち尽くす僕を残し、二人の姿は廊下の向こうに小さくなっていく。

「二人のやること全部なくなるくらい新曲仕上げちゃうからねーっ！」

朱音の声が最後に遠く聞こえた。

振り向くと、詩月が寄ってきていて、僕のブレザーの袖を強く握りしめている。

詩月しかいない。親族は他にだれも来ていない。

僕にしか——できない。

「……先生。お話は、私が伺います」

詩月が消え入りそうな細い声で医師に向かって言う。

「この人も一緒にいてもらってもいいでしょうか。親族では——ありませんけれど、祖父の親しい友だちだったんです」

禄朗さんの友だち。

二度しか逢っていない。年齢だって五倍くらい離れている。

でも、音を重ねた。ビートを共有した。同じシンコペーションで天井の灯を仰いで汗を散らし、同じブレイクで身体の芯を痺れさせた。

医師はうなずき、僕らを病室のドアへと促した。

広々とした個室だった。ベッドのそばに並べられた大型の医療用電子機器がなければ、ホテルのスイートかと勘違いしたかもしれない。

機器の前に座っていた若い医師が立ち上がり、こちらに頭を下げてくる。

禄朗さんはベッドに身を沈め、昏々と眠っていた。頭には包帯がびっちりと巻かれてネットがかぶせられ、頬はこけ、皺は乾いた泥のひび割れのようで、筋肉質だった体つきも半分くらいに縮んでしまったのではないかと錯覚するほど痩せ細っていた。僕は口の中にたまった苦い唾液を飲み下すことさえできなかった。

これがあの、禄朗さんなのか。

シンバルレガートのなにげない一打一打からも生命力をあふれさせていたあの人が、今はこうして死の気配の降り積もった部屋でくしゃくしゃに萎れて目を閉じている。

いや——

いくつもサインはあった気がする。

僕は禄朗さんとのなにげない会話や、セッションの合間のしぐさや、ときおりふと見せていた表情の翳りを思い出す。遺言書で家を詩月に相続させるだとか、老い先短いから早く曾孫の顔が見たいだとか——聞いたときは冗談かと思っていたけれど、禄朗さん本人にとっては簡単に予想できる未来だったのかもしれない。詩月といつまででも暮らしたいがこの先なにがあるかわからない、と言っていたときの禄朗さんの顔も、いま思い返してみればずいぶんさみしげだった。

僕はベッドの脇の椅子に詩月と並んで腰を下ろす。

医師の話を、僕はほとんど聞いていなかった。

脳の血管がどうとか、この後四十八時間でのなんとか確率がどうとか、目を醒まさなかったらどうとか、そういった言葉が意識の表面を流れ落ちていった。硬く凍りついた詩月の横顔を僕はただじっと見つめ続けていた。

「……ずっと付き添っていても、いいでしょうか」

ようやく開かれた詩月の口から最初に出てきたのは、そんな問いだった。医師は重苦しい表情でうなずいた。

「はい。かまいません。そうしていただいた方が会長も喜ぶかと」

湿った冷気が腕や脇腹を這い上ってきた。

危篤の患者に、親族がつきっきりでいることを許可する。

それって——望みが薄い、ということじゃないのか。

なにかあったらすぐ呼んでください、と言い置いて、医師団は全員病室を出ていった。残されたのは僕と、死にかけの老人と、その孫娘だけ。

怖気が立つほど静かだった。

都心のはずなのに車の音も聞こえない。足音も絶えたままだ。じりじりした機械の稼働音の他、なにも聞こえない。

掛け布団の上に投げ出された、禄朗さんの腕を見つめる。

骨と血管が浮いていて、二本束ねたドラムスティックくらいの太さしかないように見えて痛ましかった。

「……去年も、一度倒れたんです」

ぽつりと詩月がつぶやいた。彼女の視線は、ベッドの向こう側の小さなテーブルに置かれた花瓶にじっと注がれていた。カーテン越しの弱い午後の陽光の中で、赤や黄のガーベラの花がつんと澄ましている。

「私が一緒に住まわせてもらってた頃です。そのときは手術まではしませんでしたけど。またいつ倒れてもおかしくないって言われてて。それからお祖父さま、事業をみんな部下に引き継がせて、きれいさっぱり引退して。そうしたら、自分にはなにも残っていないのに気づいた、って言ってました」

使い切れないほどの金と、老いていく身体と、その中でなにかを焦がれている心の他には、なにも……。

「昔、家族にひどいことをして。逃げ出して。仕事は成功したけれど、親戚じゅうから嫌われて。しかたない、ってお祖父さまはいつも笑うんです」

詩月はシーツの上に両手を重ねて置いた。指先が、かすかに震えている。

「独りで好き勝手に生きてきたんだから、独りで勝手に死ぬしかない、って。……そんなの、さみしすぎます。私は、……お祖父さまが――いなくなってしまったら……」

言葉を詰まらせた詩月は、下唇を噛み、シーツに深く指を突き立てて顔を伏せる。

でも、と僕は禄朗さんの真っ白な顎髭の生え際を見つめて思う。

あんたは言ってたじゃないか。ドラマーは独りではやっていけない、だれかと一緒でなければ始まらない、って。なにも残っていないわけがないだろう。こうして詩月がついていってくれるじゃないか。

それからもうひとつ、残っているもの。

禄朗さんと交わした言葉のひとつひとつが、水底から浮かんできて意識の表面で爆ぜる。

無人島に二つだけドラムを持っていくとしたら、と僕が訊ねる。

なにも持っていかない、と禄朗さんは思い詰めたような目で答える。

持っていったら、その音を聴くしかなくなる。でも、なにも持っていかなければ、目を閉じるだけでどんな音楽だって心の中で――

気づけば僕は目を閉じている。

鼓動と息づかいが、感じられる気がする。自分のものか、隣にいる詩月か、それとも。

優しい薄闇の中で僕は両手を持ち上げた。

ほんの二晩しか一緒に過ごしていない、下手くそなピアノを聴かせ、ジャズについて間の抜けた質問をし、ミュージシャンたちのくだらない下世話な噂で盛り上がって笑い合っただけの赤の他人の僕が――それでもこの病室にいる意味があるとしたら。

僕にしかできないことが、この場所にあるとしたら。

そっと指を落とした。

指先に返ってくるのは、ざらりとした粘土のような感触。その下の弱々しい脈動。さらにその下にある、硬く細く張りつめた手応え。いま生きているものと、かつて生きていたものとの境目をなぞって探るような、ためらいがちの上昇音型をそこに刻む。

たしかにピアノの鍵盤は骨なのだ。僕は自分の指でその事実を確かめる。

だって、音が聞こえる。

ガラスの杭を土に黙々と打ち込んでいくかのようなセロニアス・モンクの抑制的なピアノの音が、ほんとうに聞こえる。

もし目を開けば、僕が老いた病人の腕をただ両手の指で弱く叩いているという寒々しい現実が横たわっているだけだろう。もしこの部屋にひとつでも楽音があったなら、意識はみんなそちらに吸い取られてしまい、内側から響くものなんてなにも聴き取れなかっただろう。ただ地底に向かって落ち込んでいく流砂のような静けさが、僕の音楽を包んでいた。

約束したのだ。

次のセッションまでに、モンクを一曲弾けるようになっておく、と。

だからこれは、僕の自己満足に過ぎない。

それでも、弾き続ける。

注意深く音域を広げていく。高みでオクターヴを響かせると僕の右手の小指は禄朗さんの肩を踏み外しかけ、より深くに潜ろうとすると左手が禄朗さんの手のひらの中に迷い込んだ。

僕にしか聞こえないバラード。

人はこうして独りで死んでいくんだな、と僕は思った。

僕の中でどれだけの美しい旋律と和声が響いていようと、それは現実の空気を震わせることはなく、意識の外には一音たりとも伝わらない。僕と彼はひととき近づいたように見えたかもしれないけれど、それは夜空ですれちがう彗星と衛星みたいなもので、ふたつの間には絶望的な深さの真空がいつでも横たわっていた。

今もそうだ。

人間同士がわかりあえるとか、つながれるとか、通じ合えるとかはみんな幻想で、ほんとうは遠くで瞬く光をただ見上げることしかできなくて、それさえも何千年も何万年も前の煌めきで、元の火はもうとっくに燃え尽きているかもしれない。

それならせめて、目を閉じて音楽に浸っている間だけは、忘れられるように。

旋律が僕の指先でひとりでに細分化されていく。

音のひとつひとつがときに不協和にぶつかり合いながら砕けて、僕という器の内側を引っ掻きながら伝いのぼり、また落ちていく。孤独で虚ろだから、音楽がこんなにも複雑に美しく反響するんだろうか。

だとしたら、なんて哀しい生き物のための、なんて哀しい技術だろう。

わかっていても僕は指を止めない。他にできることを思いつかない。自分の中に積もっていく砂粒をひとつずつ数えるようにして半音階のフレーズを重ね、左右の手の間に投げ渡し、コードを拡大解釈し、神経過敏ぎみに湧き上がってくる断片を残らず捉えて瞬時に鍵盤へと焼きつける。傷口を掻きむしる手が止まらなくなる。痛みの自家中毒で新しい旋律が絶え間なく生まれては電流となって指先に抜け、また次の痛みを呼び起こす。

自分が内側から磨り減っていくのがわかる。

やがて僕も泡となって砕けて消えてしまうのだろうか。だれとも寄り添うことなく、独りの空を漂いながら。セロニアス・モンクがそうだったように。

しかたないことなのだろうか？

ふと、鳴っているのが自分の音だけではないことに気づく。途切れ途切れの旋律の合間を埋めているのは、明け方の空に薄らぐ銀河のようなシンバルレガートの細やかな流れ。それから、スネアとキックの思い詰めた一打ずつが、ここに僕がほんとうに存在しているのか確かめるために差し込まれる。

詩月なのか。

隣で、僕と同じように目を閉じて、まぼろしに意識を委ねて、ベッド枠の鉄パイプでビートを刻み、リノリウムの床をキックしているのだろうか。

それとも、触れ合うか否かの距離で感じ取れるこのぬくもりとリズムさえも、僕の錯覚に過ぎないのだろうか。

いや、どちらでもいい。

ただグルーヴだけ受け取ればいい。

僕は息を止め、広がる骨の森に身を投げ込む。鍵盤の間にこびりついた生命の余韻を残さずこそげ取り、かすかな熱を帯びた和音の連なりに変え、大気へと解き放つ。

生きていくことは死んでいくことなのだと、わかる。

フレーズひとつぶんの光が耳の中で散っていくたびに、指を押し戻すわずかな脈動が弱まっていくのが、わかる。

最後のトリルは、もはや骨が砂へと変わって崩れていく音にしか聞こえなかった。

僕はシーツに両手を下ろした。

残響はまだ続いていた。

虚しさが押し寄せてきた。にじんだ汗が冷え、皮膚に違和感となって染みつき、残った熱をぼやけさせる。うつろな余韻は寒気にさえ変わり、口の中で苦味が粘り着き、僕はシーツに爪を立てて震えた。

なにをやっているんだろう、僕は。

人が一人、昏睡状態で死の淵にいる病室で、親族でもないのにベッド際に座り込んで、ピアノを弾く真似事なんてして——

「……『ルビー・マイ・ディア』」

声が聞こえた。

僕は閉じていた目を開いた。カーテン越しの弱められた午後の陽が、それでもとげとげしく僕の視界を傷だらけにした。

ベッドに沈み込んだままの、包帯とガーゼとネットで小さく小さく押し固められた頭。それでもまぶたがかすかに開き、奥の火が見えている。

目が合うと禄郎さんはかすれきった声でつぶやいた。

「……おまえさん、選曲がいつもセンチメンタルだなあ」

「お祖父さまっ」

詩月が立ち上がる。倒れた丸椅子が耳障りな金属音をたてるけれど、彼女は気にせずベッドに這い上り、禄朗さんの胸にすがりついた。禄朗さんは眼球だけ無理に動かして僕をちらと見やり、天井に視線を戻した。ふと力を抜いたらすぐにまぶたが閉じて皺と区別がつかなくなってしまいそうな弱々しさだった。

「……病院か。……どうなったんだったか。交通事故とかは起こしとらんよな？」

「お食事中に倒れたんです。よかった、ああ……お祖父さま、お祖父さま！」

詩月の涙で掛け布団がぐっしょり濡れている。僕はしばらく呆然と二人を眺めていたけれど、やがて思い至ってナースコールのボタンを押した。

胸の上にかぶさったままの詩月の髪を力なく左手でなでながら、禄朗さんは再び眼だけを僕に向けてつぶやく。

「……詩月に、ついていてくれたのか。……礼を言うよ」

僕は首を振った。笑おうと思ったけれど唇がこわばってうまく動かなかった。

「……いえ。ぼけっと座ってただけです。なんにもしてませんよ」

やっとそれだけ言えた。

「悪くないプレイだった。モンクよりも素直な弾き方だな」

吐息とほとんど変わらないくらいの声で禄朗さんは言う。

「よくわかりましたね。なんの曲か」

「年季がちがうからな」と禄朗さんは皮肉っぽく笑ってみせた。

「お祖父さま、もう喋らないで、先生が来るまで安静にしていてください！」

詩月が掛け布団を禄朗さんの顎髭が隠れるくらいまで引っぱり上げる。

医師たちが大勢やってきたのと入れ替わりで、僕は病室をそっと出た。

廊下の窓から、病棟に囲まれた正方形の中庭を見下ろす。建物の影に押しやられたわずかな陽だまりの中で、車椅子に乗ったパジャマ姿の子供が鳩をゆっくり追いかけている。白衣の上に水色のカーディガンを着た看護婦の一団がポプラの並木の間に見え隠れしている。

自分の両手を持ち上げ、まだ痺れの残る指先を見つめる。

ピアノの音も、耳の中で響き続けている。

セロニアス・モンク、『ルビー・マイ・ディア』。何度となくアルバムに収録されている、彼のお気に入りのオリジナル・ナンバー。僕も聴いてすぐに好きになった。

センチメンタル。そうかもしれない。

とてもモンクのように重たく分厚い存在感のある音は出せないとわかっていたから、だいぶシンプルに、子供っぽい情感をさらけ出して弾いてしまったかもしれない。

それでもいい。伝わったのなら。

伝わったのだ。何億キロもの距離を隔てて、それぞれの孤独な航行を続けていたはずの僕らなのに。

僕は窓ガラスに額を押しつけ、この先に描かれゆく彼の軌道を思った。

あの『ルビー・マイ・ディア』が、僕らの最接近点だった。

過ぎてしまった今、僕らはもう離れていくしかなく、二度とその道のりが交わることはないのだと、なぜか確信できた。

*

禄朗さんの退院は、翌週、学校で詩月から聞かされた。

「そっか、家に戻れたんだ。よかった」

「はい。でも……」

詩月は表情を曇らせ、口ごもる。

「右手と右足が、思うように動かせないらしくて。リハビリしてますけれど……歳も歳なので、難しいって……」

半身不随。

僕は、あの繊細さと豪放さが同居する禄朗さんのドラミングを思い出す。

もう喪われてしまって、二度と聴けない。

「それで、セッションの約束をしていたのに申し訳ないって真琴さんに伝えてくれと」

「え？　……ああ、うん。……うん……」

練習の成果をちゃんと聞かせたかった、もう一度音を合わせたかった、とはたしかに思うけれど、なんというか、惜しむ気持ちではなかった。残念というのとも、哀しいというのとも少しちがう。

さみしい——には、だいぶ近いだろうか。

秋が終わりかけ、木の葉が色を失い、アスファルトに積もって乾き、車のタイヤに踏み砕かれるばかりなのを、ただ眺めることしかできない感覚。あるいはアルコールとドラッグを燃料代わりに身と魂を削って演奏していたジャズミュージシャンたちは、この気持ちを憂愁と呼ぶのかもしれない。

おまえさんには百年早いな、という禄朗さんの声が聞こえた気がした。

「そうだ、お祖父さまから、もうひとつ」

詩月がいきなり声を明るくして言うので僕は驚く。

「査定ですけれど、合格だそうです！」

査定？　ってなんだ？　それからなんで詩月は跳び上がって喜んでんの？

「憶えていないんですかっ」と詩月は眉を吊り上げる。「あの目黒の別邸が真琴さんのものになるかならないかの大事な査定ですよっ」

「あ……ああ。そんな話あったな。いや、あれ冗談でしょ？」

「冗談で不動産相続なんてしませんっ」

相続するのはおまえだろ。あと、なんか不穏な単語を大声で叫ばないで？　学校だよ？

「ちょっとちょっと、なんの話？」

さっそく朱音が聞きつけて寄ってきた。狭い音楽準備室なので話はみんな聞かれている。窓際ですました顔をしている凛子もたぶん聞いていただろう。

「私のお祖父さまが所有している、例の地下にライヴスペースがある目黒の――」

詩月が懇切丁寧に説明を始める。聞き終えた朱音が即座に噛みついてきた。

「真琴ちゃんっ！　財産目当てで結婚なんてっ」

「ああ、うん、絶対にそう言い出すと思った。しないよ……」

出鼻をくじかれた朱音は眼をしばたたいた。

「しないの？　じゃああたしがもらっちゃうけど」

この話、前もやったよな？　成長しないな？

「いえ、ですから、査定がありますので」と詩月は真面目くさって言う。

「そんならあたしも査定してよ！　ピアノでいいんでしょ？　鍵盤も真琴ちゃんの五倍くらい

上手いからね！」

そう言って朱音は準備室備え付けの小さな電子ピアノの蓋を開いた。

「わたしも査定してもらう。目黒の豪邸ほしい」と凛子もここでいきなり参入。「ジャズは全然だけど村瀬くんに弾けるならその十倍くらいは上手く弾けるはず」

そろいもそろって僕をなめすぎじゃないのか？　ここ二週間ばかり、バド・パウエルとセロニアス・モンクをかなり聴き込んで練習してきた僕だぞ？　と言ってやろうかと思ったが、実際に朱音と凛子が並んでてきとうにジャズっぽいアドリブを連弾し始めると、そりゃもう僕の五十倍くらい上手くて落ち込んできた。

「全然だめです！　ジャズを甘く見ないでください、そんなので私の資産をかすめ取れると思ってるんですかっ」

詩月もなんで乗るんだよ。

しかし、なんだか楽しそうだったし、僕はほうっておいて隣の音楽室に出た。

僕だって練習したんだからそれなりに弾けるんですよ？　聴きますか？　と、だれもいない虚空に向かって確認してから、グランドピアノの椅子に腰を据え、蓋を開く。

鍵盤を叩いたとたん、あの日の病室で僕の小宇宙いっぱいに響かせた『ルビー・マイ・ディア』の幻想は粉々に砕け散った。自分でも衝撃的すぎて、八小節ほど弾いたところで指がからまって動かなくなってしまう。

僕、こんなに下手だったのか……？

いや、ちょっと考えてみれば、理由はわかる。だってあのときは実際には弾いていないのだ。思いつく限りの最高のプレイを頭の中だけで鳴らしていたわけで、それを現実の自分と比べてみたらこうなるにきまってるじゃないか。

理由はわかる、が――

それでやさぐれた心がどうなるわけでもない。

無人島に行きたくなった。禄朗さんが言ったのと同じように、音楽に関わるものなんてなにひとつ持たずに、身一つで海に流され、砂浜に流れ着き、星を見上げて膝を抱える。聞こえてくるのは爪先を洗う波の音だけ。

三人が準備室からやかましく出てくるまで、僕はそんな浜辺で妄想のピアノの調べに浸っていた。泣けてくるほど最高の気分だった。

Paradise NoiSe
Akane Kudou

5　愛は武勇、愛に自由

なんで洋楽ばっかり聴いてるの？　と、中学時代はよく訊かれた。クラスメイトたちと音楽の話がまるで合わなかったからだ。

「かっこつけ？　J-popなんてだせぇ、みたいな」

「ううん、まあ、あはは」

笑ってごまかすしかなかった。

まわりに流されず、ちがう道を敢えて選ぶ自分かっこいい——という心理が一ミリもなかったといえば嘘になる。しかし洋楽ばかりだった原因の第一はなんといっても親だ。父が洋楽しか聴かない人だったのである。ビートルズ、ツェッペリン、ストーンズ、クイーン、ピンクフロイド、といった幼少期を送ってればだれだって僕みたいになるんじゃないだろうか。子供は自分で音楽を選び取る指針も財力も持ち合わせていないわけだし。

もちろん親のせいばかりでもない。僕自身にも、邦楽をどうしても好きになれない理由がひとつあった。

歌詞が受け付けなかったのだ。

そもそも、僕らが親しんでいるポピュラー音楽は英語圏から渡ってきたものだ。英語を乗せて歌うようにできている。英語というのは母音ひとつに子音がぎっしりくっついている単語が大半なので、歌詞にするときには『音符ひとつに単語ひとつ』が基本になる。

ところが日本語の単語は音節がとても多い。英語の歌と同じ一音符一単語でメロディに言葉をのせるのは無理がある（桜井和寿みたいにその無理をやってのけちゃう人もいるが）。そこでどうするかというと印象的な部分だけを英語にするわけなのである。サビのワンフレーズだけ、とか。

中学生の頃の僕はこれを鼻で笑っていた。

かっこわるい。欧米への劣等感まるだし。どうせやるなら全編英語詞にすればいいのに、そんな語学力もないからってつまみ食いするなんて。

高校生になり、作詞も作曲もするようになった今、中学生の自分をぶん殴りたかった。

劣等感とか関係ない！　そんなこと気にしている余裕はない！　聴かせる相手が日本人なんだから日本語メインで書くのは当たり前だし、伝わりやすさとかっこよさを両立させたかったらサビにだけ英語を入れるのがいちばんの早道なのだ。技術的な必然である。

遅まきながら事実を知った僕だが――頭と心は別物だ。

知識として理解したからといって、ソフトウェアのアップデートみたいに以前までの価値観がいきなり完全に書き換わるわけでもない。

中学生の頃の僕はあいかわらず胸のどこかに棲み着いて、僕自身を内側から小突いてくる。僕が詞を書こうとするとせせら笑いが漏れ聞こえてくる。

そのせいで、いまだに僕は日本語と苦しい取っ組み合いを続けている。

*

「あたしも詞ぃ書いていいかな？」

朱音がそんなことを言い出したのは、文化祭も二週間後に差し迫ってきたある日のスタジオ練習中だった。

「僕の詞……だめだった？」

びくびくしながら訊ねる。

「だめじゃないけど。んー」

朱音は目玉をぐりっと回す。

「歌いやすいんだけど憶えにくいっていうか。内容が抽象的だから」

「私も前から気になっていました」とドラムセットの向こうから詩月が言う。「真琴さんの作る歌、ラブソングが全然ありません！」

「え……いや、うん、まあね……」

反論できなかった。その通りだ。メロディになんとか語呂の良い日本語を当てはめるために歌詞の内容はどうとでもとれる感じにしてばかりだったし、あとはなんといっても、恋愛がどうのって恥ずかしい……。

「音楽やろうっていう人間が恥ずかしがってどうするの」と凜子。「もっと恥ずかしいことをいくらでもしているでしょう。女装とか」

「恥ずかしいことって言うなッ」

「女装は恥ずかしくなかったの？　それはけっこう。もっとやりましょう」

「え？　あ、いや、あの」

よく考えずに反射的に言い返して墓穴を掘ってしまった。

「じゃあ女装より恥ずかしいラブソングはあたしが書くね！」

朱音が意気込んで言う。

「それは大歓迎だけど。なんでいきなりそんな気になったの」

僕が訊ねると、朱音はちょっと照れくさそうな顔になる。

「やっぱりヴォーカルって作詞するもんじゃない？　印税もほしいし！」

「印税って。べつに発売する予定もないのに」

「しようよ！　儲かるよ！」

「もっと貪欲に稼ぎにいきたい。早く親元から逃げたい」

凛子が真剣な口調でとんでもないことを言い添えてくる。いや、あんなことがあったんだから、わかりますよ。わかりますけれども。

「僕だって商業ベースに乗せられたらいいなとは思うけどさ。その前にめちゃくちゃでっかい問題があるだろ」

三人とも、ぴんときていない顔をしていた。僕はプレシジョンベースをスタンドに置き、スタジオの隅っこの床に置いてあったノートPCを開いた。僕らのバンドがこれまで録ってきたMVを順番に再生する。

「自分で言うのもなんだけど、音がしょぼい。演奏の問題じゃなくて、録音が」

「そ……そうでしょうか」と詩月が上目遣いで言う。「真琴さん、本職じゃないのにかなりがんばってると思うのですけれど」

「本職じゃないのにがんばってる、っていうふうに聞こえちゃうってことは、つまり本職っぽくないってことだよね……。あっ、いや、ごめん、怒ってるわけじゃないよ」

詩月の顔がみるみる曇るので僕はあわてて補足した。

「売り物にするとなったらプロの曲と一緒に並ぶわけだから、本職じゃないなんてなんの言い訳にもならないし」

「そうですね……」と詩月はうつむく。僕をフォローしようとしてくれたのだとは思うが、音がしょぼい事実は彼女も認めざるを得ないわけだ。

レコーディングもミキシングも、録音機器の知識と操作経験を積むだけですぐ習得できるような単純な技術ではない。言ってしまえばギターとかドラムスとか歌とかと同列の、『芸能』なのである。個性が出るし、センスが問われる。自分で録ってみて、そしてプロの音源と聴き比べたり様々な本を読んでみたりして痛感した。一朝一夕で身につくものじゃない。

「じゃあ、あたしがレコーディングも勉強する！」

朱音が両の拳を握りしめて勇ましく言う。

「無茶言うなよ。朱音はただでさえ演るパート多いし、さっき作詞までやるとか言ってたじゃないか。それでさらにレコーディングまでマスターする時間なんてないだろ」

「授業サボれば――」

「だめ！　ぜったい！　学生なんだから学業優先！」

「えー。うちの親だってそんなこと言わないのに。もう、週に一回でもいいから登校してくればありがたい、みたいな感じだよ」

それは二年間も不登校児だったからだろ……。

「いきなりどうしたの、朱音。そんなになんでもかんでもやろうとして」

凛子が目を細めて訊ねる。朱音は言いにくそうに口ごもり、苦笑いした。

「……いやあ、もし音源を正式発売するなら取り分増やしたいなーって思って。ほら、あたしヘルプ商売ずっとやってたからさ、貧乏性でさ」

金には困ってない、っていつだったか言ってなかったっけ？

「でもどのみち朱音がレコーディング技術を習得したところで、演奏もしなきゃいけないんだから非効率的でしょう」と凛子が冷徹に指摘する。

「ううん、まあね……」

「じゃあそっちもやっぱり真琴さん任せになるってことですか」

詩月が、コンソールルームのガラス仕切りと、僕の顔とを見比べる。

「村瀬くんの腕も悪いけど、それ以上に機材がここのじゃ限界だと思う」

実に気持ちよく辛辣に凛子が言う。事実だからしかたない。レコーディングエンジニアとしての僕は素人に毛が生えた程度だし、この『ムーン・エコー』はリハーサルスタジオだ。録音機器も一応置いてあるに過ぎない。

「もう、機材も人材も、だれかに丸投げしてお願いした方が早いかな……」

僕はため息まじりにつぶやく。

「プロに頼むってこと？」と朱音。

「プロ？　……ああ、うん。クオリティを考えたらそういうことになるよね」

資金はなくはない。けれど、どういう伝手でだれに頼めばいいのか。音源の出来映えに直結するので、ネットでてきとうに検索する、みたいな探し方はしたくなかった。

「というか、こないだのコンチェルトライヴのときに心底思ったんだけど、もうほんとにやることがめちゃくちゃ多くてさ。全部人任せにしたい……」

「ああ、うん、マネージャーほしいってこと？」と朱音。

「マネージャーいたらいいよね。だれがやってくれるんだって話だけど」

「あたしやる！　レモンの蜂蜜漬け作る！」

「だからなんでそんなに色々やろうとするんだよっ？　朱音だって手一杯だろ！　あと体育会系じゃないんだからレモンは要らない」

「そっか、真琴ちゃんは唐揚げにレモンかけない派だっけ」

「唐揚げの話はしてないけどッ？」

＊

柿崎さんと逢ったときに、ちょっとその話をしてみた。

「マネジメントですか！　そうですよねそろそろ必要ですよねえ、メジャー進出とかも視野に入ってくるでしょうし！」

「いや、そんな大げさな話じゃないんですが」

柿崎さんは、パラダイス・ノイズ・オーケストラのデビューステージとなった夏のフェスに僕らを呼んでくれたイベント企画会社の人だ。

たいへんにノリも調子も良い人なので、案の定こういう話の流れになってしまった。

「レコーディングも本格的に、ですか！　いいと思います！　最高です！　いやあもうビッグネームまでまっしぐらって感じですね、そうなっちゃったらうちみたいなイベントに気軽にお呼びするわけにもいかなくなっちゃいますねえ、その前にたくさん出てもらわないと。プロデュースするところはもう決まってたりするんですか？」

柿崎さんの中でだけどんどん話が膨らんでいく。

そもそも僕は、文化祭で使う音響機器のことで打ち合わせをするためにこうして新宿の喫茶店まで来たのだ。中夜祭ライヴ会場の体育館は音響が悪いので、せめて良い機器とエンジニアを使いたいと思い、その道のプロである柿崎さんに相談したのである。今日も、事務的なやりとりを済ませるだけで十五分で終わるはずの打ち合わせだったのだけれど、なにげない雑談からあっという間に話を広げられてしまったのだ。テーブルの上のコーヒーカップはとっくに二つとも空になっていた。

「プロデュースとかそんなんじゃなくて、ただ音を良くしたいなあって」

「商業ベースに乗せられるくらいに良くしたい、って話ですよね。それはつまり商品化、要するにプロデュースですよね」

言われてみればたしかに。

……口上手いなこの人！

「正直なところ、どうなんですか」と柿崎さんは真剣な口調になる。「ＰＮＯのみなさんは、プロになるつもり、あるんですよね」

あるんですか、ではなく、あるんですよね、という訊き方が妙な圧力を感じさせる。僕は宙をにらんでしばらく考え込んでから答えた。

「凛子は、音楽で稼ぐ気満々ですね。早く独り立ちしたいって言ってるし。朱音も昔からスタジオミュージシャンみたいなことして稼いでたし、音楽で食ってくつもりだと思います。詩月は……家業がありますけど、でも一生バンドやってくみたいなことしょっちゅう言ってますね。プロには……どうだろう……」

「村瀬さんは」

「僕ですか。ううん」

額に手をやる。店内に暖房はかかっていないのに、汗がにじんでいた。

「音楽で食っていけたらいいなあ、ってのはぼんやり思ってましたけど、真剣に考えたことはなかったですね。こんなぼんやりしたやつがプロがどうとか言ってちゃだめなんじゃないかなあ、って思うんですけど……覚悟とか意気込みとか、そういうのなくて……」

一瞬間を置いて、柿崎さんが噴き出した。

「ああ、失礼！　いやほんとすみません」

照れ隠しのためか、柿崎さんは店員を呼んでコーヒーをもう一杯ずつ注文する。

「プロでもそういうこと言う人、けっこういますね。プロ意識がなくちゃだめだとか、覚悟と気迫が素人との差だとか。でもあんまり関係ないと思いますよ。今の時代、だれでもネットで発信できますから昔みたいなプロとアマの間の高い壁なんてないですしね」

運ばれてきたコーヒーに大量の砂糖を注ぎ込み、柿崎さんは話を続ける。

「俺もね、商売柄、何百何千っていうミュージシャンを見てきましたよ。ネットから拾ってきてイベント組むのが我が社のメイン事業なんで、アマチュアさんが多めでした。中には、もっと覚悟とか危機感を持てよ、って言いたくなる人もたくさんいましたけどね」

どんどん口調がフランクになっていく。

「それはやることやってない連中ですよ。売れたい、有名になりたい、プロデビューしたい、とか言いながら、漫然と毎月ライヴやって毎回赤字出してるようなやつらです。でも村瀬さんたちはちがうじゃないですか。やることやって結果出してます。結果がすべてで、気概とかどうでもいいんですよ。お客がほしいのはやる気とか態度じゃなくてかっこいい曲とパフォーマンスなんですから」

僕は目をしばたたく。柿崎さんは笑って続ける。

「それに村瀬さんたちまだ高一でしょ？　いくらでも未来があるじゃないですか。もう三十代半ばでつぶしが利かなくなってきてプロ目指すかあきらめるかはっきりしなくちゃ、みたいなやつなら覚悟も緊張感も必要でしょうけど、まだ若いならぼんやりプロ目指して趣味と変わらない感じでやっててもべつにいいと思いますけどね。いやもうむしろどんどんぼんやり目指すべきですよ。あれ？　言い方変ですね」

「あ、いや、大丈夫です。わかります」

「いやあ、あはは、なんかむきになってしまいましたね。俺はＰＮＯの大ファンなんでつい熱が入っちゃうというか。レコーディングエンジニアの話ですけど、こっちでも探してみますよ。協力させてください。できる限りいい音で録ってほしいですからね！」

「……それは、はい、ありがたいですけれど」

　そこまで世話になっていいのだろうか、と思う。でも他にあてもないのだ。厚意には素直に甘えさせてもらうことにした。

　柿崎さんと別れた後、その足で『ムーン・エコー』に向かうことにした。楽器店や書店に寄ろうかと思っていたけれど、中途半端に打ち合わせが長引いたのでスタジオ練習の時間が迫っていた。

　ジャンパーのポケットに両手を突っ込み、とげとげしいビル風を浴びながら信号待ちをする間、自分の未来について考えた。二十歳、三十歳、四十歳になってもステージに立っている自分を想像してみる。

　あまりうまくいかない。

　でもネクタイをしめて毎朝会社に通っているところはもっと想像できなかった。

＊

翌日、昼休み開始直後、珍しく朱音が僕の教室にやってきた。

「詞ができたから読んでくれないかな」

「いいけど……これから音楽準備室行くんじゃないの。わざわざ来なくても」

「凛ちゃんとかしづちゃんに読まれちゃうと恥ずかしいんだよねっ」

なるほど。わからなくもないが、僕ならいいのか？

二人で階段の踊り場まで行った。朱音から折り畳んだルーズリーフを受け取り、広げて一読した。

「……あー、うん」

すっと言葉が出てこない。

「真琴ちゃんの遠慮無しの意見が聞きたいな」

遠慮無しか。そうか。遠慮してもしかたないしな。

「わかった。正直に言わせてもらう。すっごい子供っぽい……」

「だよね……」

自分でわかってたのかよ。

「自分で作詞してみて真琴ちゃんのすごさに気づいちゃったよ。あの、なんていうのかな？　ぱりっとしてるっていうか、ちゃんとしてるっていうか、それっぽいっていうか。よくあんなの書けるね！」

なんかストレートに褒められているようには聞こえなくて複雑な気持ちになる。

「それっぽくするにはどうしたらいいかってことだけ考えて音楽やってきたからね……。本物にはかなわないけど、雰囲気だけでもどうにか」

「聴いた人がみんなそれっぽいって思ったらもうそれは本物なんじゃないの？」

そう言ってもらえると救われるが、僕自身そろそろ限界を感じていたのだ。作詞も、これまでだましだまし言葉をつないできたので、朱音が書きたいと言ってくれて助かった。

「いや、あの、朱音のこれ、全体的には厳しいけど、ところどころすごくいいフレーズがあるよ。僕のよりもずっと本物だと思う」

「そう？　ほんとに？　慰めじゃなくて？」

朱音が不安げな上目遣いで訊いてくるので僕はうなずく。

「ここ とか、ここ とか、読んでてはっとなった」

ルーズリーフの文章の何カ所かを指さした。朱音の顔はぱあっと明るくなった。

「そのへんはあたしもちょっといいんじゃないかって思ってた！」

あとはやっぱり僕にはとても書けないような直球のラブソングなのがいい。

「これで全体的なぎこちなさがなくなればいいんだけど」

朱音はまたしょんぼりしてしまう。

「あたしそもそもボキャブラリ少ないんだよね」

「それは、いっぱい読んでいっぱい書けば、そのうち」

「そうかなあ。勉強してなんとかなるもんなの？　そもそも日本語ってラブソングに向いてなくない？」

いきなり言われて僕は目をしばたたく。

「……そう？　どのへんが？」

自分ではラブソングを書いてこなかったのでぴんとこない。朱音は腕組みして言う。

「たとえばさ真琴ちゃん、英語で I love you っていうの、ストレートでわかりやすくていいでしょ。でも日本語でどう訳したらいい？」

「『愛してる』じゃだめなの」

「それさあ、なんか『状態』を表してるみたいでぐっとこないんだよね。相手に対して、こう、積極的にぐいっていく感じがない」

「そうかなあ。うぅん。まあ、愛するってもともと日本語にはなかった言葉らしいけど」

だから漢語である『愛』に『する』をくっつけて強引に動詞にしたわけだ。

「その話聞いたことある！　だから夏目漱石も月が綺麗ですねにしとけって言ったんだよね」

「それ都市伝説らしいけど」

「嘘なのっ？　あたしの感動返してよ！」

「僕に言われても困る」

「そっか。じゃあ夏目漱石に文句言ってくる！　雑司ヶ谷霊園にいるんだよね！」

本人はもっと困るだろ。勝手に作られた話なんだから。

「日本語の歌でもみんな愛してるって言いまくってるからべつにいいんじゃないの」

僕がのんきに言うと朱音は眉を吊り上げた。

「じゃあ、ぐっとくるかどうか試してみるよ？　いい？」

「いい？　ってなにが」

朱音はいきなり切実そうに潤ませた目になり、僕の目に視線を合わせて一歩踏み込んでくると、吐息も感じられそうな距離で熱っぽくささやいた。

「……愛してる」

僕はのけぞりかけて後ずさり、踊り場の壁に肩をぶつけてしまった。

「……どう？　全然どきどきしないでしょ」

「いや、めっちゃしたけど」

「したの？　やったあ！」

喜んでどうするんだよ。おまえの持説が崩壊するんだけど？

「いや、でも、いきなりだったし、二人きりだし、どきっとさせられたのは環境的に当たり前っていうか」

なぜか言い訳を重ねる僕。まだ動悸が続いているのを悟られたくなかったのかもしれない。

「環境の問題なの？　じゃあ教室戻ってもっかい試す？」

「ぜったいだめ！」

ただでさえ僕はクラスメイトに女子関連で誤解されまくっているのに、教室で愛してるなんて言われてるところを見られた日にはどんな噂が巻き起こるかわかったものではない。

朱音は肩をすくめて話を続ける。

「まあ I love you はまだ愛してるでもいいんだけどさ、I need you なんてほんとにもう日本語にしようがないじゃん？」

「I need you……。ううん。『私はあなたを必要としています』」

「テスト問題かよ！　っていう！」

「全然響かないね。あ、試さなくていいよ。大丈夫。こっちは異論ないから」

「need っていう動詞がそもそも日本語にないんだよね」

たしかに、ない。『必要とする』『要する』なんていう堅苦しくてぎこちない言葉は、『愛する』以上に無理矢理つぎはぎした感がある。ものすごく事務的に聞こえる。

「もう自分で言葉造っちゃえばいいんじゃないの」

僕が提案すると朱音は「うーん、need の日本語訳……need する、だから……」としばらく宙をにらみ、やがて言った。

「『にーどる』」

「針だね……」

朱音はけらけら笑い、それから僕にまたずいっと顔を寄せてきて言った。

「きみをにーどる。殺し文句だね！」

「刺してるからね……」

「ううん、もっとぴったりの言い方ないかな」

「なんでそんなに need にこだわるの」

気になって訊いてみると、朱音は目をしばたたき、それから気まずいんだか照れているんだかよくわからない複雑な笑みを浮かべた。

「いやあ、なんか、好きなんだよね。表現が。切実な感じで。必要とされるのって、ほら、心がきゅうっとこない？」

「んー。んん。まあ……そう……かな」

言わんとしているところはわからなくもない。

「じゃあ朱音は I love you より I need you がいいってこと」

「言われたいのは断然 I need you だね！　はいっ！」

朱音はいきなり両腕を広げてみせる。

「はいっ、って、なに」

「なんでわかんないかな！」と朱音は頰をふくらませる。「ここはI need youって真琴ちゃんが実際に言う流れでしょ！」

「わかんねえよ！　なんでだよ！」

「あのねえ、メンバーのメンタルケアもバンドリーダーの大切な仕事だよ？　いいの？　あたしが拗ねちゃったらギターとヴォーカルいっぺんに潰れるんだよ？」

「なんで僕脅されてんの……？」

あと、とくになんの話し合いもなく僕がバンドリーダーにされてて、たしかこないだのライヴでも凛子が僕をコンサートマスターとか紹介してたし、既成事実なの？　いつの間に？

「ただでさえうちのバンドは、いっぺん壊れた経験ありの言動不安定なピアニストと、お家の事情が複雑で妄想癖と暴走癖があるドラマーと、二年間不登校で今もまだちょっと学校になじめてない対人恐怖症気味のあたしがいるんだから、真琴ちゃん責任重大だよ」

「やめたくなってきた……」

「こうして三人並べてみるとあたしがいちばんましだね？」

「その変な自信は対人恐怖症治すのに使えよ！」

「あっ、話し込んでたらこんな時間！　早く準備室行かないと不安定ちゃんと妄想癖ちゃんが心配するね」

たいへん失礼なことを言いながら朱音が階段に向かうので僕は後を追いかけた。

音楽準備室では、小森先生と凛子と詩月が机を囲んでお茶を飲んでいた。どうやら三人とも昼食は済ませてしまったらしい。

「さっき階段のところで朱音が村瀬くんに愛の告白の練習をしてたみたいだけれど」

凛子がしれっと言い、詩月が椅子をがたつかせて立ち上がった。

「なっ、なんですって！　二人そろって妙に来るのが遅いと思ったら！」

「待って待って、大丈夫しづちゃん、練習だから。本番じゃないから」

朱音が笑って手を振る。

「そっ……そうでしたか。それならよかったです」

詩月は椅子に座り直した。どういう理屈で燃え上がったり鎮火したりするのかよくわからんので朱音に暴走だの妄想だの評されてもしかたがない。

「練習は本番のように、本番は練習のように、って言うもんねえ」

状況をさっぱり把握していない小森先生が余計なことを言うので詩月が再着火する。

「やっぱり本番だったんじゃないですかっ」

「大丈夫だってばしづちゃん、本番は練習のように、だから練習だよ」と朱音。

「そ、そうですよね。練習なら……本番ってことじゃないですか！　ああ、でも、本番なら練習ってことだし……でもやっぱり本番なんじゃないですか！　となると練習で……」

詩月は自分の尻尾を追いかけてぐるぐる回り続ける犬みたいな状態に陥っておとなしくなってくれたが、凛子はそうはいかなかった。

「それで村瀬くん、通りかかったときに I love you とか I need you とかそんなせりふだけちらっと聞こえたんだけど実際なにをしていたわけ」

「え、ええと、だからあれは詞——」

言い訳しかけた僕は朱音の切実そうな視線に気づく。そういえば詞のことは凛子や詩月にはまだ知られたくないと言っていたっけ。

「あー、うん、そんな恥ずかしい話はしてないよ。『愛は武勇』とか『愛に自由』とかそういう話をしてたから聞き間違えたんじゃないの」

「真琴ちゃん、そのポエムの方がよっぽど恥ずかしいよ……」

「だれのせいだよっ？　いきなり梯子外さないでくれるっ？」

まさか朱音当人から裏切られるとは。しかも凛子が追い打ちしてくる。

「英語詞とか日本語詞について相談してた、って素直にほんとうのこと言えばいいのに」

「全部知ってたんじゃねえか！　なんで『ちらっと聞いた』とか嘘ついたのっ？」

「村瀬くんがどういう言い訳をしてくれるのか興味があったから。まさか真相の三倍くらい恥ずかしい嘘をひねり出してくるとは思わなかった」

「んぐぐぐ」

「愛に自由ってどういうことですか、ひょっとして不倫OKということですか！　私は不倫は絶対にゆるしませんからね！」

詩月まで復活してきてしまった。

けっきょく僕の味方はこの部屋内には一人もおらず、助けてくれたのはそのときちょうどかかってきた一本の電話だった。

「あ、ごめん、柿崎さんからだ」

涙が出るほどありがたい着信だった。震えるスマホを握って音楽室に逃げる。

『いやあこんな時間にまことに申し訳ないです、まだ学校でしたよね？　昼休みかなーと思ってかけたんですが』

「ああ、はい、ちょうど昼休みです」

『お邪魔して申し訳ないです、ものすごい話が来たんで一刻も早くお伝えしたくて、あのですね、キョウコ・カシミアってご存じですよね？』

「……はい。もちろん」

いきなりなんの話だろう。

キョウコ・カシミアといえば、日本出身ながら世界的に人気のある大物ミュージシャンだ。

本名が西洋人には発音しづらいらしく、全欧ツアー中に現地ファンの間で《カシミア》という愛称が広まり（ライヴでレッド・ツェッペリンをよくカヴァーしていたからだという）、今では日本でもすっかり定着してしまっている。

『レコーディングエンジニアの件でうちの社長に相談したらですね、ＰＮＯがプロデビュー目指してプロデューサー探してる、ってなふうに早合点しちゃいまして。それでキョウコ・カシミアと仲が良いんですけどうちの社長、ＰＮＯのことをちょっと頼んでみたら向こうも前から動画で観てて興味があったって』

あまりの急展開に僕は言葉も挟めず唖然としてスマホを握っているしかない。

『プロデュースしてみようかって話にまでなったらしくて、いやあ村瀬さんたち当人をほっといて盛り上がってしまってほんとうに申し訳ないんですが、一度逢ってみないかと』

その後、柿崎さんとどういうやりとりをしたのか、細かいところをさっぱり憶えていない。

半分くらい意識が飛んでいたのだ。

通話を終えて準備室に戻り、今の話を伝えると、朱音は跳び上がった。

「ほんとにっ？　あたしめっちゃファンなんだけど！　ほんとのほんとにキョウコ・カシミアなの？　真琴ちゃんだまされてないっ？」

「僕も信じられないけど、でも柿崎さんがだます理由なんてないし」

詩月も落ち着かない様子で腰を浮かせたり座り直したりを繰り返している。

「キョウコ・カシミアのプロデュースというとハードコア方面に寄せられるんでしょうか。去年プロデュースしてたオーディション出身グループもごりっごりのトランスでしたし、私たち一体どんなふうに料理されちゃうんでしょう、クリスチャン・ロック風味でしょうか？　もう今からどきどきしてきました」

「落ち着けよ。そんな段階じゃないよ。一度逢ってみるかって打診されただけ」

凛子は比較的落ち着いていた。

「キョウコ・カシミアというのはそんなに大物なの？　曲は聴いたことあるけれど」

「知らないの凛ちゃんっ？」

「バイセクシャルでドラマーの女の人と深い仲でなおかつ他の娘にも手が早いっていう噂だけは知ってる」

「そこは知らなくていいところだよ！　根も葉もない噂だってば！」

「いえ、私が独自に入手した情報によればドラマーの方とはすでに海外で同性婚されていて、お子さんもいるとか」

あらぬ方向に盛り上がっている横で聞いていた小森先生はわたわたとうろたえ、僕にすがるような視線を投げてくる。

「ああああどうしようこんな大事な話聞いちゃって、村瀬くんわたしどうしよう？　こんなの胸にしまっとけないよ、ツイッターに書いていい？」

「絶対だめですッ」

＊

その週末の日曜日、僕らは新宿にあるレコーディングスタジオでキョウコ・カシミアと引き合わされた。

完全な不意打ちだった。柿崎さんは、とりあえずレコーディングの手配できましたんでお試しで一曲録ってみましょうよ、としか言ってこなかったからだ。

僕ら四人がスタジオのラウンジに足を踏み入れると、ドアのそばにいた柿崎さんが真っ先に気づいて寄ってきた。

「お疲れさまです、ええと、あのですね、ちょっと予定外なんですが——」

奥のソファに腰掛けていた女性が立ち上がり、大股でこちらに寄ってきた。柿崎さんを押しのけて僕らの前に立つ。

「お邪魔している。逢えてうれしいよ」

彼女はそう言って、僕と凛子と詩月と朱音に順繰りに微笑みかけてきた。

凶暴な美しさというものが、この世には存在するのだ。

たとえば獲物の血で口元を紅く染めた豹とか、雪崩が村ひとつを呑み込んで圧し潰す瞬間とか、ただ殺戮のためだけに一ミリの無駄もなく完璧に設計された戦闘機とかに、僕らはどうしようもなく魅入られてしまう。その日、はじめて直接目にしたキョウコ・カシミアに僕が感じたのはそういうたぐいの美しさだった。さっぱりとしたウールのセーターに黒のデニムというシンプルな服装なのに異様に艶めいて、切れ長の目には好戦的な火がともっていた。たしか四十歳手前くらいのはずだけれど、大学生でも通用しそうなほど若々しい。

「今日ここでレコーディングするって聞いてね、ちょうど空いてたから遊びに来たんだ。ただの見学だから私のことは気にしないでいいよ」

そう言われて気にしないでいられるわけがなかった。

キョウコ・カシミアは僕らに一人ずつ握手を求めてきた。朱音はもう顔を上気させて完全に舞い上がっていたし、詩月もぽうっと目を蕩かしていたし、凛子さえも緊張しているのが伝わってきた。僕も、キョウコ・カシミアの手のひらからなにか体温以上のものを流し込まれた気がしてしばらく痺れていた。

「いいね。私の高校時代を思い出すよ」

レコーディング中の凛子や朱音や詩月の姿を防音ガラス越しに眺めながら、キョウコ・カシミアはしみじみとつぶやく。僕はレコーディングでは担当パートがないので、ずっとコントロールルームにいて彼女の話につきあっていた。

「カシミアさん……は、デビューは高校のときでしたっけ」

僕はうろ憶えで訊いてみる。たしか、そうとう若い頃から商業の舞台に立っていたはず。

「キョウコでいいよ。カシミアというのはべつに名字じゃないし」と彼女は笑う。「デビューは大学生のときかな。高校生の頃からライヴで黒字はなんとか出せていたけれど、バンドの完成度としてはそこまでのものじゃなかった」

「そうなんですか。でもキョウコさんの高校時代って伝説になってますよね」

文化祭ライヴを収録した、画質も音質も最悪の海賊版ビデオが、オークションサイトで十万円とかで取引されているのだ。でもキョウコさんはくくっと肩を揺らす。

「過大評価だよ。バンドとしては今のきみたちの方がずっと上だ。けっきょく私たちは続かなかったしね」

「そ、そうですかね……？」

世界のキョウコ・カシミアにそんなことを言われると面映ゆい。

「でもたしかバンドを抜けちゃった人たちも音楽業界ですごい活躍してるんですよね。元から全員すごかったわけで……なんで続かなかったんですか」

「男女問題だね」

どこかで聞いた話がいきなり返ってきたので僕はのけぞりそうになる。

「きみたちと同じく女三人に男一人の構成だった。これはバンドの男女比としては考えられる中で最悪だろう。恋の嵐が吹き荒れ、バンドは耐えきれずに空中分解した。だからきみたちを見ていると胸の奥がきゅうっとなるんだ」

「は、はあ……」

「しかもね、少年。きみは私が恋したあの頃の彼にとてもよく似ている。甘くて苦しくて切ない、かけがえのない痛みを思い出させてくれる」

そんなことを言われた僕は現在進行形で胸が苦しくなる。

「だからもし私がプロデュースするとしたらまずバンド内恋愛を禁止するね。せっかく心血注いで育てたところで解散されては困る。といっても――」

キョウコさんは分厚いガラスの向こうでPRSカスタム24を掻き鳴らしている朱音にじっと視線を注ぐ。

「十代の少年少女に恋をするなだなんて、太陽に輝くのをやめろと言うのと同じくらい無理な話だろう。しかもあんなに魅力的な子ばかりだし」

「いや、あのう、まあ、その……そういう心配は多分――」

僕は苦笑いしながら答えかけ、口をつぐむ。本気か冗談かわからない恋愛禁止の話よりも前に、もっと重要なことを言われていたのに気づいたからだ。

「……プロデュースするっていう話、ほんとだったんですか」

コントロールルームにいるエンジニアさんや柿崎さんに聞こえないようにと声をひそめて訊ねる。

「モチベーションはだいぶある」とキョウコさんは答えた。「そうでなきゃわざわざ逢いにきたりはしない。ただ、まだ決めたわけではないよ。きみたち次第だ。少年はどうなの？　私にプロデュースされたいと思ってる？」

真正面から問われて僕はしばらく答えに詰まる。

「ええと。……プロデュースというのが、正直よくわからなくて」

我ながら情けない返答だった。なにも答えていないに等しい。でもキョウコさんは笑ってうなずいた。

「なるほどね。たしかに。私も実際にこの業界に入り、色んな人にプロデュースされ、それでもさっぱりわからなかった。自分でやるようになってはじめて理解したよ。プロデュースというのは難しく考えることじゃない。作品をつくるにあたっての、名前のついていない仕事ひっくるめて全部、だ」

僕はキョウコさんの口元を見つめた。どうやら冗談ではなさそうだった。

「全部、ですか」

「そう。ミュージシャンやエンジニアのこなす、明快でアーティスティックな仕事——以外の全部だ。めんどくさいな、音楽だけやっていたいな、ときみが感じている仕事全部だよ」

見透かされ、僕はぞくりとする。キョウコさんは蠱惑的に微笑んでいる。ひとの心に無造作に手を突っ込んでおきながら中に傷ひとつつけずに欲しいものだけするりと抜き取れる、そんな人だった。

「責任もリスクも全部持ってもらえるよ。どう?」

厚意しか向けられていないのに——あるいはそれゆえに——僕は縮こまってしまう。

「いきなりのお話なので、まだちょっと冷静に考えられないというか……」

「こういうのは冷静に考えて答えを出すものじゃないんだよ」とキョウコさんはいたずらっぽく僕の肩を小突いた。「気持ちはわかるけれどね」

失望させてしまっただろうか。

いや、申し訳なく思うくらいなら「プロデュースしてください」と即答すればよかったのだ。

今の僕には反省する資格すらない。

エンジニアさんが僕を呼んだ。

「村瀬さん、コーラス録りについてですが、いくつか確認させてもらっていいですか」

同時に、ギターパートの録音を終えた朱音がコントロールルームに入ってくる。

「それじゃあ私は彼女に話があるから」

キョウコさんはそう言って立ち上がった。熱の塊がすうっと僕から離れていくのを感じ、言いようのない心細さがやってきた。見捨てられた——とさえ一瞬思った。

これはひょっとして個人面談だったのか?

レコーディングとなるとバンドメンバー各人が同じ建物内にいながら各自ばらばらになる。

今も凛子はピアノ室で個人練習しているし、詩月は朱音に替わってブースに入っていくところだ。一人ずつに話が聞けるかっこうの機会だからキョウコさんは今日いきなりやってきたのだろうか。

だとしたら、僕の面談結果は……

朱音と連れだってロビーに出ようとしていたキョウコさんが、ドアのところで振り向いて僕に言った。

「ああそうだ少年。さっきの、バンドが続かなかった理由の話だけれど」

エンジニアさんの方に向かいかけていた僕は足を止めてキョウコさんを見やる。にんまりした笑みが返ってくる。

「男女問題というのは嘘だ。もっと複雑で前向きな理由で私たちは別れた。だから安心して、恋せよ少年」

目を白黒させている朱音の肩に手を回し、キョウコさんは出ていってしまった。

ほんとにもう、翻弄されっぱなしだった。

僕の推測が当たっていたのか、その後もキョウコさんは、凛子や詩月を休憩室に連れていってなにやら話し込んでいた。僕はといえば、演奏するパートはないのだけれどレコーディング全体のディレクションをしなければいけないので、エンジニアさんのそばを離れられず、メンバーたちにキョウコさんがどういう話をしたのかも確認するひまがなかった。

その日いちばんの出来事は、レコーディングが終わった後だった。ラフミックスを一通り聴いたキョウコさんが満足げにうなずいて言った。

「とてもいい。今日はこれで終わりだよね？　まだ少し時間があるし、迷惑かけついでに私のわがままをもうひとつ聞いてもらえないかな」

「なんでしょうか」と柿崎さんが苦笑しながら訊く。

「この曲を一度、合わせで演るのを聴きたい。ただし」

意味ありげな視線が僕に流れてくる。

「ベースは私が弾くよ」

平然とした口調だったけれど、有無を言わさぬ力があった。

実際に、スタジオスタッフはとくに疑問を差し挟まず、そそくさとセッティングを始めてしまった。広い録音スタジオなので四人がそろって演奏するスペースはじゅうぶんすぎるほどあった。朱音も、そして凛子も詩月も僕になにやら申し訳なさそうな視線を向けてくるけれど、それよりもキョウコさんとセッションできる楽しみの方が勝っていることがありありとわかる目をしていた。

そして僕は、分厚い防音ガラス越しに、絶望的な楽園の光景を目の当たりにさせられる。

僕らの未発表曲なのだから、キョウコさんにとっては今日はじめて聴く曲のはずだ。でも、彼女のベースは完璧以上だった。

ベースにほんとうに必要なのは支配力だと、ものの本で読んだことがある。

今ならその意味が理解できる。キョウコ・カシミアの指から紡ぎ出される、冷たく硬質なビートが、けれど血管に直接注ぎ込まれて身体の奥から熱を呼び起こす。ブレイクやシンコペーションひとつで僕らの意識はたやすくひび割れ、揺り動かされ、突き破られて、心の中のいちばん大切な部分が彼女の前に剝き出しになる。

エンディングの残響が消えるまでの四分二十六秒間、彼女のベースは僕らを完全に支配していた。呼吸さえも彼女の許可がなければできないほどだった。彼女が僕のプレシジョンベースを肩から外してスタンドに置くと、ようやく僕は椅子に腰を下ろすことができた。というかその瞬間まで僕は自分が立ち上がっていたことに気づいていなかった。

それからキョウコさんは、バンドメンバー一人ずつに抱擁を浴びせた。みんな心地よい疲労感で顔が上気し、瞳が官能的なまでに濡れて光っていた。

どうして僕はここにいるんだろう——と、寒々しく思った。

どうしてガラスのこちら側に取り残されているんだろう。

どうしてあの熱と光の中にいられないんだろう。

凛子が、詩月が、それから朱音が、ドアを押してコントロールルームに戻ってくる。最後にキョウコさん。

「今の、一応録ってますけど、どうします」

レコーディングエンジニアさんが僕とキョウコさんを見比べて訊いてくる。

「ください！　何度でも聴きたいです！」

朱音が意気込んで答えた。

「公開できないお宝音源ですねえ。いやあ得しちゃったなあ」

柿崎さんも興奮気味に言った。

僕の中では、もう一度聴きたい気持ちと、自分の不在をこれ以上見せつけられたくない気持ちがせめぎ合って、きいきいと軋んでいた。

キョウコさんがタオルで額の汗をぬぐって、僕らを眺め渡す。

「とてもよかったよ。やっぱり実際に逢ってみて、音を合わせなければわからないことがたくさんあるね。今日は来て正解だった。プロデュースしたい気持ちが固まってきたよ」

部屋の気温が一気に上昇した気がして、肌がぴりぴり反応した。逆に腹の底は冷えて、なにかこわばったものがのたくって胃を真下から突いた。

凛子と詩月が戸惑った目を見合わせる。朱音がなにか言おうとキョウコさんに半歩近づく。でもキョウコさんは手を持ち上げて遮った。

「ああそうだ、先に言っておく。今あるこのバンドをそのまま欲しいわけじゃないんだ。自分でもわかっているだろうけれど――」

キョウコさんの視線が、三人の少女たちの顔を順番になでた後、僕に留められる。

「少年。きみひとりだけレベルがちがいすぎる。私がプロデュースするからには、きみにバンドを抜けてもらわなければいけない」

名刺が一枚、テーブルの上に置かれる。

「決心できたらいつでも連絡して」

キョウコさんは部屋を出ていった。

6　七十億分の一

文化祭まで二週間を切った。

放課後の校内は興奮状態を通り越して殺気立っていた。教室からも校舎裏からも工具の音が聞こえ、ぱんぱんの袋を抱えた買い出し係の生徒が廊下を行き交い、合唱部と吹奏楽部は顔を合わせるたびに練習場所の割り当てで揉め、美術部や手芸部は展示物の制作で追い込みに入ってみんな青黒いくまをつくっている。

体育館も暗幕と照明が用意され、『劇場』らしくなってきた。

ライティングのテストも兼ねて一度ステージで演奏してみてほしい、と生徒会長から頼まれたのは、週明け月曜日のこと。

「ちゃんとしたライヴの照明なんてやったことがないって係の子が不安らしくて、一度テストしてみたい、って。お願いね！」

噂があっという間に全校に広まって体育館には野次馬が詰めかけてしまった。

「じゃあ、一曲だけ……」

僕が言うと、凛子が軽快なコードストロークのイントロを弾き始める。

僕らのブレイクのきっかけとなった、いちばん有名な曲だ。間違いなく盛り上がるはずだった。実際に、体育館に鮨詰めになった生徒たちもわあっと歓声をあげた。

でもその熱気は徐々にしぼんでいく。

演奏が終わってすぐに、舞台袖にいた生徒会長が寄ってきた。

「いやあ、ありがとうね！　あっはは、本番用の音響じゃないからやっぱりやる気出ないか、体育館の放送用のスピーカーじゃあねえ！　でもまあテストだからこれで十分だよ」

僕ら四人は意気消沈して体育館を出た。

これからスタジオ練習だというのに、新宿に向かう電車内で反省会をやる羽目になる。

「バンドを組んで以来、最悪の演奏だった」

凛子がどんよりした口調で言う。

「会長さんは音響のせいって言ってましたけど、あれ、気を遣ってくれたんですよね……」

詩月も肩を落としている。

「お客さんにも伝わっちゃってたねえ。全然のれなかった」

朱音の持ち前の明るさすらも消えている。

僕はといえば、もう完全に心ここにあらずだった。体育館のステージで自分がなにを弾いていたのかもよく憶えていない。

だって——昨日の今日なのだ。

「やっぱりちゃんと話し合って結論を出しておいた方がいい。これじゃ練習にならない」

凛子が僕を横目で見て冷ややかに言った。

「話し合う、といっても……」

詩月がつぶやき、口ごもり、列車のドアにもたれかかる。レールの継ぎ目のリズムが、しばらくの沈黙を埋める。

「……私はこのバンドをずっと続けたいです。この四人で」

「わたしも同じ」と凛子はうなずく。「他の場所で音楽を演っているところなんて想像できない。わたしをこんなところに連れてきたんだから最後まで責任をとってもらわないと」

「じゃあ、あたしら三人の意見は一緒だね」

朱音が言って、僕をじっと見る。

「けっきょく真琴ちゃん次第ってことになる」

僕は変な味のする唾を飲み込む。

なんで僕次第になるんだ？　僕は捨てられる側だから選択権なんてないだろうに。

いや、もちろん、僕が始めたバンドなのだし、意向を無視するわけにはいかないのだろうけれど。

「みんながそう考えてるなら……僕もバンド続けたいし、じゃあ、それで……」

「なにその言い方」と凛子は不満そう。「村瀬くんが決めることでしょう」

「ええ？　いや、僕が決めるって……そんな拘束するみたいな権利ないだろ」

「真琴さんはもっと拘束してください！　こっちだけが一方的に重たい女みたいな関係はいやなんです！」

「詩月。今は真面目な話をしているからやめて」

凛子にたしなめられて詩月がしゅんとするという珍しい光景だった。

「真琴ちゃん、抜けるって言い出すんじゃないかって昨日からずっと心配だったんだよ」

朱音が思い詰めた表情で言うので、僕は視線をそらしてしまう。

「……うん、まあ、全然考えなかったっていうと嘘になるけど」

「真琴さんっ？」詩月の声が裏返る。

「大丈夫だってば、ちらっと考えただけ。みんながだめって言ってるのに僕が抜けるわけにはいかないよ」

「それはわたしたちに遠慮しているみたいでなんだか引っかかる」

「遠慮？　ううん？　遠慮……ではないような……」

「まあとにかく真琴ちゃんはいてくれるんだよね。安心したよ！」

朱音がわざとらしく明るい声で言う。凛子は腕組みして僕らを見回した。

「全員一致なら、この話はこれでおしまい、ということになる。それでいい？」

他の面々もぎこちなくうなずいた。

おしまい、でいいはずだった。

でも、それならこのわだかまりはなんなんだろう。

再び会話が途絶え、列車がレールを踏む気ぜわしい音だけになってしまうと、僕は吊革に指をくぐらせて窓の外をぼんやり眺めるふりをしながら、バンドメンバーそれぞれの顔をそっと盗み見た。

朱音、凛子、詩月の三人。きっとスターになれる。キョウコ・カシミアのプロデュースともなれば最初からかなり話題になるだろう。千載一遇のチャンスを、足手まといの僕が潰してしまう——申し訳なさ、いたたまれなさ。

それはたしかにある。

でも、それだけではこの胸をふさぐ息苦しさともどかしさは説明がつかない。

新宿の『ムーン・エコー』に着き、練習を始めても、サウンドは僕の表面をむなしく滑るばかりでいっこうに心の中にまで響いてきてくれなかった。

「ストップ、ストップ」

僕は途中で演奏を止めた。

「ごめん。なんか……うまくいかない」

同情の視線が集まるのがつらい。

「あたしの参考にする？　いっぺんベースやろうか」

朱音が心配そうに言ってくる。

「ああ、うん……。昨日のレコーディングしたやつ聴いてみようか」

もらったラフミックスのデータがノートPCに入っているのだ。みんなうなずくので、スタジオのオーディオにPCをつないで再生する。

イントロのドラムスからして、これまで僕が録ってきた音源とは圧力もクリアさもバランスもなにもかもがちがいすぎて、目が醒める思いだった。ベース、ギター、そしてハモンドオルガンと、鮮やかな色彩が塗り重ねられ、音域が立体的に広げられていく。

「……さすがプロですね……」

詩月がため息混じりにつぶやいた。

「今後のレコーディングは全部あそこでお願いしたいけど、値段が高い」

凛子がネットで調べて物憂げにつぶやく。

「プロも使ってるからスケジュールもなかなか空かないよね」

朱音が指先でリズムをとりながら残念そうに言った。

プロデュースしてもらえば。

僕がバンドを抜け、キョウコさんの申し出を受ければ、彼女たちはプロダクションの出資とマネジメントを受けて、最上のスタジオとエンジニアによるレコーディングを毎回毎回させてもらえることになる。

僕さえいなければ――。

そう言われている気がして、胃がきゅうっと縮こまった。そんな嫌みをいう彼女たちではないとわかっていても。

僕のノートPCを後ろからのぞきこんでいた朱音が、フォルダにあるもうひとつの音声ファイルに気づく。

「……それって、昨日の」

「ああ、うん。……キョウコさんと演ったやつ」

こわごわバンドメンバーの顔をうかがって訊いてみた。

「こっちもかけようか?」

ぎこちないうなずきが返ってくる。

昨日、セッション直後にはみんなあれだけ昂揚していて、朱音なんて「何度でも聴きたい」とまで言っていたのに、キョウコさんからの提案を聞いた後ではもう素直にはしゃげなくなっている。

聴くのが怖い。

でも、聴きたい。

ファイルをダブルクリックした。

窒息しそうなほど甘美な四分半が、狭いスタジオ内に充満する。あのときの熱は、憧れのスターと共演できるというシチュエーションだけの産物ではなかった。プレイ自体が持つ本物の破壊力だ。録音でもこうして喪われていない。

曲が終わっても、しばらくだれも口を開こうとしなかった。

手のひらが汗ばんで、ＰＣのタッチパッドにじっとりと濡れた黒い痕を残している。

肺のあたりにこわばっていたものが徐々にはっきりした形をとり、骨を裏側から軋ませ、熱と痛みを呼び覚ます。

知っている。

この感情は――悔しさだ。

「やっぱり話はおしまいじゃないよ」

朱音がぽつりと沈黙に小さな穴を空けた。他の三人の視線が彼女に集まる。

「だって腹立たない？　おまえらのバンドは要らないって言われたんだよ！　しかもこんな、ぐうの音も出ないやり方で！」

なんでおまえが腹をたてるんだよ、と僕は思った。要らないって言われたのは僕だろ。

「そりゃあ真琴ちゃんがやめないって言ってるんだから断って終わりで済むかもしれないけどさ、それじゃおさまんないよ！　プライドの問題だよ！」

味のしないなにかを噛み潰したような顔をして凛子が口を開く。

「……それなら朱音はどうしたいの」

「決まってんじゃん！」

意気込んで答えた朱音は、僕に向き直って手を差し出してきた。

「キョウコさんの名刺、真琴ちゃんが持ってるんでしょ？　見せて」

僕は目をしばたたき、逡巡し、財布から名刺を引っぱり出して朱音に渡す。

朱音はその場で電話をかけた。

「……あっ。あのっ！　昨日の、あのっ、昨日はありがとうございました、パラダイス・ノイズ・オーケストラのヴォーカルの宮藤ですっ」

ほんの十数秒前までの勇ましさはどこへやらのあたふたした様子だった。

「プロデュースの件ですけれどっ、あの、もちろんキョウコさんが言ってた条件はうちの真琴が絶対呑まないのでお断りするんですけどっ、でもっ」

意気込みすぎて空回りしているのか、朱音はスマホを左手に右手にと何度も持ち替えたり、歩き回ってドラムセットに腰をぶつけたりした。

「それはそれとしてですねっ、来週土曜夜おひまですかっ？」

朱音がなにをしたいのかようやくわかった。同時に、血の気が引く。

「文化祭でライヴやるんです、うちらの最新ライヴです！　聴きに来てくださいっ」

世界のキョウコ・カシミアだぞ？　高校生の文化祭に遊びにくるひまなんてあるわけがないだろう。でも朱音は勢いのままに続ける。

「それで、うちらはずっとこのバンドでやりたいんで、もしプロデュースしてもらえるにしてもこのバンドって形でしか考えられなくて、だから！　ぜったいに『見直した』って言わせますから、それくらいすごいの演りますから！　そしたら改めてバンドにお問い合わせください、よろしくお願いします！　それじゃ！」

通話を切った朱音は鼻息荒く勇ましい顔で僕らを振り返った。

「言ってやったよ！」

なんでそんな得意げなんだよ。

「……え、今のほんとにキョウコさん？　本人と話したの？」

「うん、本人」

「なにやってんだよ！　文化祭に来てもらう？　あの人にそんなひまあるわけ――」

「笑ってOKしてくれたよ！　良い人だね！」

マジかよ。どうなってるんだ。

「すごいです、さすが朱音さん！」

詩月が興奮して両手のドラムスティックをぱたぱたさせる。

「俄然やる気が出てきた。これでまともな練習になりそう」

凛子もそう言ってキーボードスタンドの向こうに戻り鍵盤を布巾で拭い始める。

「いやちょっと待って、みんな、……本気で言ってるの？　キョウコさんにバンドとして認めさせるってこと？」

「本気だよ！」

「キョウコ・カシミアがお客で来てくれるなんて最高です！」

「プレイでやられたんだからプレイで仕返しする」

僕は天井を仰いだ。

こういうやつらだ。なにかと戦える人種なのだ。僕はどうだ？

「真琴ちゃんは悔しくないの？」

朱音が真正面から目を合わせて訊いてくる。

答えに詰まった。

悔しいよ。

そりゃもちろん悔しい。僕がいちばん悔しがらなきゃいけなくて、朱音が剝き出しにした怒りは本来僕のものだったはずで、彼女の今さっきの暴挙は僕が成すべきことだったはずなのだ。それがなおいっそう悔しい。

「村瀬くんはひとりレベルがちがいすぎるって言われたのだから、がんばるモチベーションがないのかもしれないけれど」

凛子の言葉で頭の後ろあたりがかあっと熱くなる。辛辣なやつとは知っていたが、ここまでストレートな嫌みをぶつけられるとは思っていなかった。

ノートPCを叩きつけるように閉じて、スタンドからベースを取り上げる。

「やるよ。キョウコさんが土下座してくるくらいのライヴにする」

後先考えずに僕はそんな文句を吐いた。

後先考えられる分別のあるやつは、ロックバンドなんてやらない。

＊

そうはいっても考えなければいけない現実はスタジオの外に出れば否応なくやってくる。さしあたっての問題は、僕らの出演する中夜祭が校内限定のイベントである――という点だった。

翌日の放課後すぐに、生徒会室に頼みにいった。

「ゲスト？　中夜祭に？　校外の人ってこと？　わざわざ聴かせたい人がいるわけ？」

生徒会長は興味津々の目で訊いてくる。

「あ、はい、ええと」

正直にキョウコ・カシミアだと教えたらどんな騒ぎになるかわからないので言葉を濁す。

「イベントとかでお世話になった人で、お礼も兼ねて、あと、僕らの新曲も聴かせたいかなって思って……」

だいたい嘘ではない。生徒会長は目をぎらぎらさせて顔を寄せてくる。

「業界人？　すごいねえ、いよいよデビューも近い感じ？　あ、なんか撮影とかしちゃう？　校内映されるのはちょっとまずいけど」

「いや、ただ観にくるだけです」

「そう？　それならまあ——」

言いかけた生徒会長は、ぴんとなにかに気づいた顔をして口をつぐんだ。逡巡し、わざとらしく口調を変える。

「でもねえ、特例ひとつ認めちゃうと際限なくなるからねえ。どうしようかな」

あさっての方を向きながらも、ちらちらと僕に横目を流してくる。なんだ、なにが言いたいんだよ？

「なんとかなりませんか。雑用とか、またできることがあれば手伝いますから」

にまあっという笑みが生徒会長の顔に広がった。わかりやすい人だ。

「そう？　そうかあ、村瀬君がどうしてもっていうなら、しょうがないなあ。じゃあ特別に招待券を発行するね」

生徒会長は手近にあった厚紙を半分に切り、中夜祭特別招待券、と油性ペンで手書きした。

さらには自分のサインを入れ、生徒会執行部と文化祭実行委員会の判子を捺す。

「二枚で足りるかな。もっと呼ぶ？　五人くらいまでなら、目立たないようにしてくれれば、まあお目こぼしできるかな」

「あ、いえ、二枚で大丈夫です」

わざわざ手書きで作ってくれたものを、一枚でいいです、とは言えずに二枚とも受け取ってしまう。

「それで、代わりといってはなんだけど――」

生徒会長は、黒板脇の掲示板に貼られているポスターの一枚を指さした。

文化祭、ミス・コンテスト。ふるってご応募ください。

「参加者の集まりがちょっと悪くてね。出てくれないかな？　絶対盛り上がるよ」

「ミスコンですか。……はい。相談してみます。三人いるからだれか一人は出るって言ってくれるんじゃないかと」

もっと無理難題を言われるんじゃないかと身構えていた僕は内心安堵する。凛子――は絶対に出ないだろうが、朱音はのりがいいから……いやでもあいつ対人恐怖症とか言ってたっけ。詩月は意外にやる気出してくれそうかな？

そんなことを考えていたら生徒会長が笑って手を振った。

「あ、ちがうちがう。うちのミスコンは、昔からの伝統で女装コンテストなの」

「村瀬君、最初見たときから絶対いけると思ってたんだよね！　優勝狙えちゃうよ！」

「……へっ？」

ことの次第をバンドメンバーに話すと、大盛り上がりだった。

「やっぱり真琴さんのかわいらしさはだれにでもわかってしまうんですね！」

詩月が興奮に目を光らせて言う。

「さっそく作戦を立てましょう。村瀬くんなら優勝はまず堅いと思うけれど校内のどこに伏兵が潜んでいるかわからないし」

凛子が冷徹な軍師の口調になる。

「軽い条件でよかったね、真琴ちゃん！　いつもやってることだし」

朱音が軽く言って僕の肩を平手で叩く。

「いつもはやってないよ！　どこが軽いんだ、あのさあ考えてもみろよ、ネットに女装あげるのと校内で女装するのじゃ恥ずかしさのレベルがちがうだろっ？」

「たしかに。ネットの方が恥ずかしい」

「ネットだと百万人見るもんね」

「文化祭ならせいぜい千人くらいですものね」

「うううう……そ、そう言われてみれば……」

頭を抱える。なにやってんだ僕は。自分で自分を追い詰めている。

「とにかく中夜祭にキョウコ・カシミアを呼ぶための交換条件なんでしょう。やるしかないじゃない。腹くくりなさい。女装なんて中途半端にやるから恥ずかしいのであって、文句のつけようがないくらい完璧に女になればだれも笑わないから」

凛子が知ったようなことを言う。僕は拳を固めてにらみ返した。

「他人事みたいに言ってるけど、泥かぶるのは僕だけじゃないぞ。ミスター・コンテストもある。当然、男装だ。そっちにもだれか出せって言われてるんだ！」

「じゃあ朱音で」

「朱音さんならダブル優勝確実ですね」

「出る出る。男装とか楽勝。なんなら普段からあたし男物ばっか着てるし」

「なんだよずるいぞ！　もっと困れよ！」

現実には凛子の言う通り、腹をくくるしかなく、恥をかかないためには隙なく女に見えるように装うしかなかった。

ということでその日の帰り、僕は朱音の家に寄ることにした。

「うちの親が一時期なぜか知らないけどガーリーな服いっぱい買ってくれてさ」

帰りの電車内で朱音は説明してくれる。

「可愛い格好させたら不登校治るかも？　とか考えたのかな？　あはは。趣味じゃないから袖も通してないんだけど。真琴ちゃん、あたしと体型近いし着れるでしょ」

「ありがたいような、哀しいような」

「どうせ着ないしそのままもらっちゃっていいからね」

それは全力で遠慮します。というか親に申し訳ないと思わないのか。

朱音の家は僕の家とかなり近く、降車駅も同じなので足を伸ばしやすかった。六丁目は一戸建てが並ぶゆったりした住宅街で、宮藤宅も庭付きの二階建てだった。

玄関を開けてすぐのところで、母親らしき女性とばったり遭遇した。

「朱音お帰りなさ――」

僕を見て目を丸くしている。

「バンドメンバー。前に話したでしょ？　ちょっと打ち合わせで連れてきた」

朱音はぶっきらぼうに言って靴を脱ぐ。

「……お、お邪魔します」

頭を低くして僕も三和土に入った。

「あら、あらあらあら、いらっしゃい」

ほこほこの笑顔で宮藤母は僕に言った。

「ごめんなさいね、お客さん連れてくるなんて思ってなくて、お菓子なにかあったかな」

「なんにもしなくていいから！」と朱音は声を張り上げた。「なんにも！　おかまいなく！　あと二階に上がってきちゃだめだから！　すぐ帰るから、そんなに大した用じゃないから。ほら行こう真琴ちゃん」

普段なにごとも笑って済ませる朱音も、家族を前にするとこういうよくある荒っぽい態度になるんだな、と僕はなんだか安心してしまった。

部屋は二階に上がって廊下の突き当たり左手だった。たぶん八畳間くらいのかなり広い部屋だったけれど、電子ピアノや各種ギター、そして壁にも天井にもほとんど隙間なく張られたさまざまなロックミュージシャンのポスターのせいで狭く感じられる。考えてみれば女の子の部屋にあがるなんて生まれてはじめてだったのに、まるで緊張しないどころか親近感をおぼえる部屋だった。

「てきとうにそのへんに座ってね。烏龍茶でいいかな？」

「あ、うん。ありがと」

僕は小さなテーブルのそばに腰を下ろした。なんと、勉強机の足下に小型の冷蔵庫まである。どんだけ甘やかされてるんだ。朱音がもし僕みたいなデスクトップミュージック志向だったら絶対にひきこもりになっていただろう。

「あ、このコップ美沙緒さんのだった。まあいいか」

そう言って朱音はお茶をいれたマグカップ二つをテーブルに持ってきてくれた。僕の前に置かれた方は横山光輝の『三国志』名シーンがぐるりとプリントされている。

「なんで華園先生の——あ、そうか、家庭教師だったんだっけ」

「そうそう。っても勉強なんてほとんどしないで雑談したり、楽器弾いたりしてばっかりだったけど。うちの親も気を遣って、音大生ならあたしと話が合うんじゃないかって美沙緒さんを指名したらしいんだけど、あはは、目論見通り大当たりっていうか、親にとっては大外れっていうか」

「大学生の頃の先生って……今とあんまり変わらない感じだったのかな」

「うん。全然変わんない。むしろ今の方が子供っぽいっていうか——」

そこで、僕らはなにげなく現在形で語っていることに気づいてふと我に返ってしまい、どちらも口をつぐんだ。

今、はもういない。

「……元気してるかな」

朱音がぽつりとつぶやく。

「……元気、だといいけど。入院してて元気ってのも……なんかちがう気はするけど」

僕は三国志マグカップを両手で包み込むように持って答える。

華園先生が退職してから、季節をひとつまたいだ。

今でも、音楽準備室のドアを開けるとそこに彼女がいるような気がすることがある。笑いながらお茶を淹れてくれて、雑用を言いつけてきて、作曲家や指揮者の面白エピソードをあることないこと物真似つきで語って、僕が数学のテストで赤点ぎりぎりだったと知るや教えてあげるとお節介してきてしかも教科書ちょっと斜め読みしてさっぱりわからんと投げ出して。

「もう逢えないっていうのが、なんだか、実感湧かないんだよ」

僕はぽつりとつぶやく。朱音は首をかしげた。

「逢える——でしょ？　身体が良くなればまた」

「え……ああ、うん……」

そうなのだ。普通に考えれば、死んだわけじゃないんだからまた逢えるはずなのだ。でも、なんだかそういう希望にも現実感がない。

「案外、文化祭にもひょっこり遊びにくるかもよ？」

「いや、さすがにそんなすぐに良くなる雰囲気じゃなかっただろ。詳しい容態知らないけど」

「そうだそうだ、中夜祭の招待券って二枚もらったって言ってたよね？　一枚余ってるなら美沙緒さんに送ろうよ」

僕は目をしばたたく。

「送る、って……どこの病院にいるか知ってるの」

「知らないけど！　校長先生とかはさすがに知ってるんじゃない？　居場所教えろとは言わないから送っといてください、って頼めば、まあ聞いてくれるんじゃないの」

「そんな迷惑は……それに、もし送れたとして、受け取った先生も困るんじゃないの、どうせ行けないわけだし……」

「困らないよ、うれしいにきまってるよ！　もう、あたしが校長先生に頼んどくから、招待券ちょうだい」

校長室に乗り込んでいって私用を頼むとか正気なのか。こいつ、対人恐怖症とか言っているわりに、妙なところで他人に気安いのだ。たぶん大勢の中に放り込まれるのが苦手なだけで、一対一は平気なのだろう。

僕が鞄から出した招待券のうち一枚をさっと奪い取ってギターケースのポケットにしまいこんだ朱音は、ふとこちらを見つめてきて言う。

「真琴ちゃんってさ、美沙緒さんの話するときになんか普段見せない顔するよね。しんみりっていうか、しんなりっていうか、ほんのりっていうか」

「え？　そ、そう？」

どんな顔だよそれ？

「うちらとしては、ちょっと複雑な気分だよ」

そう言って朱音はにいっと笑う。華園先生によく似た笑い方だった。

「うちら、って?」

「あたしとか凛ちゃんとかしづちゃんとか」

「なんで複雑な気分になるの。あ、あんなにひどい目に遭わされたわりにさみしがってるのが理解できないってこと?」

「ちがうちがう。なに言ってんの」と朱音は笑い転げた。「理解できるよ。できまくるよ。きまってるじゃん。でも、真琴ちゃんをそんな気持ちにさせちゃってるってことがね、うちらとしては残念というか悔しいというか──」

そのまま朱音はベッドの縁にしばらく後頭部をごろごろとこすりつけていたが、やがて動きを止め、「ううん、うまく言えない!」と身を起こした。

「日本語って不便! ぴったりな表現がないよ」

「前も言ってたね、それ。そんなに不便かな……ああ、でも……」

僕の華園先生に対する気持ちも、よく考えてみれば、『さみしがっている』とは少しちがう気がする。不在に心を痛めているのと、再会を切望しているのと、そしてもう逢えないことを切実に予感しているのと──そのどれでもあり、どれでもない感情を、ひとくちに表す言葉が日本語には存在しない。

だからだろうか。いまだに、華園先生の記憶を僕の中のどんな場所にしまっておけばいいのか、自分でよくわかっていないのだ。

僕にとってあの人が、一体なんなのか。今も答えが出せない。

「そういえばっ、真琴ちゃん」

ことさら明るい口調に変えて朱音が言った。

「I need you の日本語訳ね、ぴったりのを思いついたよ。そしたら詞もすんなり書けた」

あやふやな思考の中に沈みかけていた僕は、はっとなって朱音を見た。

「I love you が『愛してる』なら、I need you は『恋してる』だと思うんだ」

「……ん？　……いや、ええと、……なんで？」

朱音はベッドの縁に腰掛け、足を交互にぱたつかせながら目を輝かせる。

「だって愛も恋も love っておかしくない？　全然ちがうものなのに」

「それはそうかもしれないけど」

「それであたし辞書引きまくって調べたんだけど、日本語にはもともと『恋う』っていう動詞があったんだよね！　これって愛みたいなあったかくて前向きの感情じゃなくて、もっと必死で行き場がなくてどうしようもない感じの慕情のことらしいの。それってもう I need you ってことじゃない？」

あらためて、朱音の顔を見つめる。

僕の胸に空いていた奇妙な形の穴に、なにかがすっぽりと収まった。そんな気がした。

「これに気づいたら、なんか、ちょっと楽になった」

「……楽？」

「あたしさ、ずっと自分が要らん子なんじゃないかって思ってて」

朱音は両膝を抱え、ベッドの縁からずり落ちそうな不安定な姿勢のまま天井を見上げる。

「親とか教師とかの言う通りに全然できないしさ。大勢と一緒のことするの苦手だし。バンドもみんな解散させちゃうし。あげくに不登校だしね。それでせめて得意な音楽では、って、あちこちヘルプに入って。あれは気楽だったな。簡単に感謝されるし、もともとヘルプだからライヴが終わったら抜けるのが当たり前で、あたしのせいじゃないもんね」

朱音の視線がゆっくりと膝頭に落ちる。

「でも、今のバンドを始めてからは、これまでがなんだったんだろうって思って。要るとか要らないとかそんなんじゃないじゃん。そんでキョウコさんに逢って、あんな話されて、真琴ちゃんが抜けちゃうかもって思ったらいてもたってもいられなくなって。一晩じゅうずっとボンジョヴィ聴きながらneedの訳について考えてたら、すっと出てきた。ああ、恋してる、だ。必要とかどうとかじゃなかったんだ。って」

とりとめのない言葉たちは、それでもまっすぐに僕の心臓にまで届いて、けれど血管の中に違和感を残す。

わかる。

朱音の言っていることは、抱いている不安の形は、とてもよくわかる。

でも、それは僕のものじゃないのか。僕の方こそみんながいないとなにもできなくて、捨てられやしないかとびくびくしていて──

「で、それを踏まえて書いた詞がこれ！」

わざとらしいまでに元気よく朱音は言って、折りたたんだルーズリーフを差し出してきた。受け取って開くのにもだいぶ気力が必要だった。

シャーペンで書かれた丸っこい文字が並んでいる。

三度、繰り返して読んだ。一度目は息を止めて、二度目は一文字ずつ指でたどって。三度目は言葉の流れの中に浸って。

「……どう、かな？」

おそるおそる訊いてくる朱音の顔を僕はまじまじと見てしまう。視線の意味を誤解されたのか、朱音は頰を染めてベッドの奥に後ずさった。

「だ、だめだった？　全然？」

「い、いや、そうじゃなくて」僕はあわてて言った。「いいよ。すごくいい。こないだのよりずっといい。これでいこう」

「ほんとにっ？」朱音はぴょんと跳ねてまた僕のそばに寄ってくる。「お世辞じゃなくて？」

「音楽のことでお世辞なんて言わないよ。凛子も詩月もたぶんこっちでいこうって言ってくれると思う」

「やったあ！　でもなんか真琴ちゃん、まだなにか言いたそうだけど」

「ああ、うん」紙面に目を落とす。「すごく身につまされる話だったわりに……その、恋してるってフレーズが一回も出てこないのはなんでかなって思って」

「あー、うん、そう！　あはは、なんでだろうね？」

朱音は他人事みたいに笑う。

「思いついてから詞を書き始めてみたら、なんていうか、心の中にあるだけでじゅうぶんって感じでね。今はまだこのフレーズ使うときじゃなくて、もっと大事なときのためにとっておいた方がいいと思って」

新曲の歌詞に使わないでいつ使うんだ？　と僕は思ったけれど、詩情なんて理路整然と説明できるものじゃないのだろう。現実に、今ここにある詞はすごく良いのだから、朱音が感じているものが正解なのだ。

それから僕は、部屋の隅に林立するギターたちにちらと目をやる。

「でも、歌詞ってやっぱり、紙に書いてあるの読んだだけじゃ――」

「歌ってみなきゃ、だよね！」

朱音も嬉しそうに賛同して、ギターとベースを用意した。

「楽器とか歌とか大丈夫なの。自宅なのに。うるさくない？」

「大丈夫。ここの部屋、防音にしてもらってるから」

甘やかされ過ぎだろほんとに！　僕なんて自室でヴォーカル録るときは押し入れにこもって布団かぶって歌ってるんだぞ？　と羨みつつ、フェンダー・ジャズベースのストラップに肩をくぐらせる。朱音はベッドにまた腰掛けて膝にギブソン・ハミングバードを乗せる。

チューニングを済ませた後、朱音の指先がギターのボディに4カウントを刻んだ。

アコースティックギターとベースだけの、素朴なバッキングのおかげで、朱音の歌がクリアに胸に突き刺さってくる。

僕の唇も自然に動き、ハーモニーがあふれ出てくる。

音を合わせている間じゅうずっと、心地よい寂寞とした空気が僕らを包んでいた。まるで、部屋の外で世界はとっくに滅びていて、ただ二人残されているのに気づかずに歌い続けているみたいだった。

だから、歌が終わってしまうと、なんともいえないむずがゆい安堵と喪失感がいっぺんに押し寄せてくる。

朱音は満足げに何度もうなずいて立ち上がり、スタンドにギターを戻した。

「いいね！　しっくりきた！　真琴ちゃんは？」

「……うん。歌と歌詞はすごくいい」

「作詞あたしで作曲真琴ちゃんだもんね、最高にきまってるよね！　なんかテンション低いね、どうしたの」

「いや、原因はたぶん朱音もわかってると思うけど」

僕は手元の太い四本の弦に視線を落とす。

「あー。……しづちゃんのドラムスがないと、ベースの頼りなさが余計目立つね？」

はっきり言われてしまった。その通りです。

僕はベースを肩から外し、ふううっと萎えたため息をついた。

「もうなにをどう練習したらいいのかもよくわからなくて」

自分でも声が細りきっているのがわかる。

「ううん。真琴ちゃん、技術的にはそんなに問題ないと思うんだよね。音の粒はそろってるし、リズムキープできてるし、余計な音鳴ってないし、止めるとこ止められてるし。ベースで他になにが要るの？　って感じだし」

「でも現実問題、みんな不満に思ってるじゃないか」

「だからそれは……メンタルの問題？　雰囲気とか風格とか？　場数踏めばなんとかなるんじゃないの」

「文化祭は来週だよ！　場数とかいってられないよ！」

「真琴ちゃんはがんばらなくても。うちら三人ががんばればいいんだから」

「なんでだよ。それじゃ今までと同じじゃないか。いくらバンドとして評価されたいっていっても、僕がいちばんがんばらなきゃだめだろ」

「それ以上がんばるの？　真琴ちゃん理想高すぎだよ。どんなベーシストになりたいのさ？　憧れのベーシストを参考にしたらなにかつかめるかもよ」

あらためて問われると、返答に迷う。そもそも僕はベーシストを目指していたわけではないのだが、理想といわれると――

「クリス・ウォルステンホルムかなあ」

「だれだっけそれ」

「ミューズのベーシスト」

朱音はベッドの上で転げ回って笑った。

「ほんとに理想高すぎ！　だいたいあの人、ベースの演奏以外もすごすぎて参考にならないんじゃない？」

「そうかも……」

手広いマルチプレイヤーだし、音作りが独特だし、メインヴォーカルのマシュー・ベラミーにひけをとらないくらい歌も上手い。憧れの対象ではあるけれど――ベース演奏自体で行き詰まっている今の僕にはあまり良い指針にはならなそうだ。

「もっとこう、ベースのプレイ自体でびびっときた人はいないの？」

僕はぐっと答えに詰まった。

思いつかなかったからではない。真っ先に一人が浮かんだからだ。先日スタジオで僕らのバンドに乱入してきたキョウコさんその人である。

正直に言う勇気はなくて、口をもぐもぐさせてごまかした。

「いや、まあ、うん。色々聴いて勉強してみる」

鞄を手にして立ち上がった。

「じゃあ、あとは家で練習するよ」

「ちょっと待って待って」

朱音が僕の手首をつかんだ。

「なんで帰るの！　本題終わってないよ！」

「本題？」

「女装！」

二秒ほど遅れて、白々しい衝撃がやってきた。

そういやそんな用事で来たんだっけ。

「……あー、うん。忘れてた。もうどうでもよくない？」

「よくないよ！　ぜったいに二人で優勝するんだから！」

なんでそんなにやる気満々なんだよ。

朱音はクロゼットを勢いよく両手で開く。色とりどりの服が吊られている。

「アマベルとかリズリサとかシークレットハニーとかあるけど、最初どれにする？」

よくわからんが甘ったるそうなブランド名を並べられて僕は意識が遠くなった。

その夜、キョウコさんに電話した。

中夜祭に招待できる手筈が整ったこと、何時頃にどこに来てもらうか、といった事務的な連絡事項を伝えた後で、思い切って訊いてみる。

「キョウコさんって、ベースは本職じゃないですよね？」

『少しかじった程度だね。それがどうしたの』

少しかじった程度であのプレイができるのか、と僕は彼我の差にしばし呆然となる。言葉が出てこないでいるとキョウコさんが先んじて訊いてきた。

『ああ、ひょっとしてなにか行き詰まっている？　それで私にアドバイスを求めているということかな』

いやになるくらい鋭い人なのである。

「ええ、まあ、そうなんです……自分でもどこをどう直したらいいかわからなくて」

『それを、よりにもよって私に訊くんだ？』

キョウコさんは電話口の向こうで笑った。土鈴みたいに心地よく乾いた笑い声だった。

「そう……ですよね……審査員なんだし」

『少年もベースは本職じゃないよね。たくさんある武器の中のひとつで、私と立場が似ているから参考になると思ったのかな』

「それもあるんですが、あの、なんといってもですね、ここ最近でいちばん衝撃を受けたベースのプレイが——こないだの、キョウコさんがスタジオで演ってくれたやつで……」

『ふうん？　謙遜するわけではないけれど、あのときは状況が特殊だったからプレイの衝撃とやらが割り増しされているんじゃないかな。きみの曲をきみのパートだけプロが演るなんて、冷静に聴けるものじゃないだろう』

「それは——そうかもしれませんけど」

僕は言葉を切って音を立てないように深呼吸した。ただ会話しているだけで大量の気力を消耗する相手なのだ。

「でも、状況がどうだろうが、プレイで衝撃を受けたってのは事実じゃないですか。音楽なんて自分の感情抜きで冷静に聴くようなものじゃないですよね」

今度のキョウコさんの笑い声は爆竹みたいだった。

『たしかに！　一本とられたね』

「……あ、す、すみません、生意気なこと言って」

世界のキョウコ・カシミア相手に僕はなにを噴かしているんだ。しかも教えを請いたいと言っている立場なのに。

『ん？　べつに怒っていないよ。百パーセントきみの言う通りだ。きみの中の栄誉あるベーシストランキング首位の冠を、今はありがたく預かっておくことにするよ』

その言い方はますます僕を恐縮させる。

『でも、ライヴの動画を観る限りでは、きみに技術的な問題点は特にないね』

朱音とまったく同じことをキョウコさんは言った。つまり身内ゆえの贔屓目ではなかった、ということなのか。

『本職ならば細かい問題点を見つけ出せるのかもしれないけれど、たぶんほんとうに見つめ直すべきなのはそういう些末な穴じゃないだろう』

「ええと……それは、心構えの問題——ってことですか」

『そうかもしれないけれど、他人の私が簡単に言葉にできるようならとっくにきみ自身が気づけていると思うよ』

ほんとそうだよなあ、と僕は弱り果てる。

「僕、プロになる心構えとか、全然ないんですよ……」

『プロになる心構え、ってなに？　だってきみたちは私に認めさせるためにライヴを聴かせるんだろう？　それはプロになる心構えじゃないの？』

あらためて言われて、僕はまたも呆然となった。

そう、僕らはバンドとしてキョウコさんに認められ、バンド単位でプロデュースをしたいとあらためて言ってほしくて、この戦いを挑んだのだ。

でも、もし僕らが勝ったとして――

キョウコ・カシミアのプロデュースで商業の舞台に立つ自分を、まったく想像できない。自分から勝負を申し込んでおいて、芯がぶれているにもほどがある。

僕だけだろうか？　朱音は、凛子や詩月は、とっくに心構えができているんだろうか。

「……プロで音楽やってくってのが、どういうものなのかわからなくて」

心が弱っているせいか、正直な言葉がぼたぼたと漏れ出る。

「キョウコさんみたいに、何十万人も何百万人も相手にして音楽やる覚悟っていうか、そういうの全然なくて。なのにこないだキョウコさんにあんな話されたら急におたおたしちゃって、情けなくて……」

『何百万人も相手になんてしていないよ』

キョウコさんの声が、僕の脳にしんと染み通った。

「……え？」

『たしかに私の歌は何百万枚と売れ、何百万回も再生され、ライヴにもこれまで何百万人も来てくれた。でもそれは結果としてそうなっただけ。歌うのはいつも、そのときどきで、たったひとりのために、だ』

そのときの彼女の言葉は、まるで僕のための歌みたいに聞こえた。

『何百万人もの心に音楽を届けるなんて、やったこともないし、だれにもできない。たったひとりでいいんだよ。この世界は、七十億のたったひとりが集まってできているんだから』

それじゃあライヴ楽しみにしているよ、と言ってキョウコさんは通話を切った。

僕はスマートフォンの画面の光だけが灯(とも)る真っ暗な部屋に、たったひとり残されていた。目を閉じると、受け取ったばかりの言葉たちが蛍(ほたる)の群れのように闇(やみ)の中を泳いでいた。

7　孤独に燃える海

文化祭一日目のその土曜日は間違いなく、僕が高校に入学してから最も騒がしくせわしない一日になった。

まず朝。朱音と一緒に登校すると、玄関のところで凛子と詩月に拉致される。連れていかれた音楽準備室では小森先生が化粧セットを机に広げて待ち構えていた。

「お化粧なら高校生のみんなよりも大人のわたしの方がぜったい上手いからね！　自慢のモテカワメイクで就活十六連敗したんだから！」

自信満々に言う先生だったが信頼度ゼロである。

「ていうか、え、なんでいきなりメイクっ？」

抗議の声をあげようとした僕はバンドメンバー三人がかりで椅子に固定され、小森先生の手によりヘアバンドで髪をまとめられ、顔じゅうにあれこれ塗りたくられる。

「うーん、元が良いから腕の振るい甲斐がないなあ。わたしも高校の頃はこれくらいぷりぷりのお肌だったのに。ナチュラル系でさっとまとめようか」

二十分後。

手渡された鏡の中には、知らない女が映っていた。僕がぎょっとすると向こうもぎょっとした顔になる。

「……すごいです、真琴さん……化粧すると、もう、しゃれにならないというか」

詩月が震える声でつぶやく。

「普段化粧をしない男子の方が化粧ののりが良いという話は聞いたことがあるけれど、これは嫉妬してしまう」

凛子が情感たっぷりにため息をつく。

「かつらもあるんだよね！　つけてみよう！」

朱音がはしゃいで紙袋から目もくらむほど光沢のあるロングヘアのかつらを取り出し、僕の頭にかぶせた。

「ぎゃあああああ！　なにこの美人？　あたし女やめたくなってきたんだけど？　ていうか今日はほんとにやめるけど！」耳元で大声出さないでくれる？

「衣装も早く着ましょう、私もう我慢しきれませんっ！」

「なにをだよ。こんなに早く着替える必要ないだろ」

「なにいってるの」と凛子が嘆息する。「投票ボード用の写真撮影があるんだから朝一番で着替えるの。話聞いてなかったの？」

「ええええ……そうなのか……」

朱音がうきうき顔で紙袋から衣装を取り出し、広げてみんなに見せる。

「じゃーっん！　あたしが買ってもらって一度も着てないレトロお姫様風ワンピ！」

「真琴さん、早く！　早く着てください！」

詩月さん、目つきが真剣に怖いんですが……？

しかたなく僕はそのふりふりのワンピースを持って男子トイレに行った。幸いにしてだれにも遭遇せず、着替えて準備室に戻ることができた。

詩月は感極まって涙までこぼした。

「決して触れ合うことができない鏡の中にこんなに麗しい女性がいるのなら、真琴さんが一生結婚しないと誓うのも無理はないですね……」

誓った憶えないけど？　ひとの一生を勝手に決めつけないでくれる？　あと先生はなんでさっきからスマホで激写しまくってるんですか？

「村瀬君、これインスタにあげていいかな」

「だめですってば！　ぜったい！」

「使用料をちゃんと支払うならかまわないと思うけれど」

「なんで僕の肖像権を凛子が管理してんのッ？　あと朱音、なんか試着した時よりもふりふりが増えてて肩口が開いてんだけど勝手に――」

文句を言おうとしてはじめて、朱音がいないのに気づく。

「……あれ。朱音は？」

凛子は黙ってドアを指さした。と、実にタイミング良くノブが回り、黒ずくめの人影が飛び込んできた。

「どうかなっ？　ギャルソン風にしてみた！」

僕と同じタイミングでトイレに着替えに行っていたらしい朱音のかっこうは、ダブルボタンの黒いコックコートに丈の長い黒の腰エプロン。ロングパンツも黒だ。男に見えるかというと全然そんなことはない。きっちりしたダブルボタンの上着というのはたとえ胸のふくらみがささやかでもかなり目立つのだ。腰のラインもダイレクトに出るので、むしろ普段の私服よりも女っぽく見えてしまう。男装って難しいんだな……。

「朱音さんも可愛すぎです！　我が家の厨房は慢性的に人手不足ですから朱音さんが五人くらい欲しいです」

「えぇー。可愛いって言われるのは複雑だなあ。男装なのに」

「朱音、大丈夫」と凛子がしたり顔で言う。「女装とちがって男装コンテストは男らしさなんて評価にほとんど含まれないから。とにかく服装がそれっぽくて見た目がぱっとしてれば票が集まる」

根拠の怪しい説でもそれっぽい態度で披露すれば効き目はあるらしく、朱音は「そっかあ、じゃあ優勝だね！」と納得してしまった。いいのか？

なおも撮影会を続けようとする小森先生を引き剝がし、僕らは音楽準備室を出て、三階に下りた。

校内はざわめき、沸騰寸前の熱気に満ちていた。

どこの教室の入り口も、ペンキで彩色されたベニヤ板、色とりどりの幕などで飾り立てられている。壁という壁は出し物の告知のポスターで埋め尽くされている。開場まで三十分を切って空気がぴりぴりしているのが感じられる。廊下を行き交う生徒たちも制服姿の方が少ない。部活動のユニフォームや、出演する劇の舞台衣装や、飲食店のウェイトレス姿など実に多彩なかっこうが目につく。

よし、これなら僕の女装もそんなに目立たないぞ、うまくすれば村瀬真琴だとだれにも気づかれずに生徒会室までたどり着けるのでは……と思い、朱音の背後に隠れるようにして廊下を歩き出した。

僕の推測は半分だけ外れた。すぐに生徒たちに囲まれてしまったのだ。

「うわあ宮藤さんかっこいい！」

「うちらの店もこういう感じのユニフォームにすればよかった」

「後でちょっと店員手伝ってよ」

「コンテスト出るの？」

黒ずくめでスタイリッシュな朱音はとにかく目立つのであっという間に女子生徒たちが寄り

集まる。そして彼女たちの視線はじきに僕に向けられる。

「えっだれこの子」

「あ、わかった、ひょっとして新メンバー？」

「うわあああめっちゃ可愛い」

「これステージ衣装なの？　あたし絶対推すよ！」

「他校生？　大丈夫なの、まだ入ってきちゃだめなんじゃ」

「今日のライヴでデビューするの？」

「村瀬君クビかあ、しょうがないよね、やっぱり全員女子の方が見栄えするし」

「ねえねえ一緒に写真撮っていいっ？」

僕がなにか口を挟む間もなく憶測が膨れあがり、騒ぎを聞きつけてさらに大勢の生徒が集まってきて人垣をつくる。

「だめです！　二人とも私のものなんですからっ」

「写真NG。あとで有料の撮影会を開くからそちらで。今は急いでいるから通して」

必死な詩月と謎の商売根性剝き出しの凛子にガードされ、僕らはなんとか廊下を抜け、反対側の校舎に渡って生徒会室にたどり着くことができた。生徒会室の戸口に入ったところで僕はしゃがみこんでぜいぜいと息をつく。レトロお姫様風の服なので胴体にコルセットっぽい構造が仕込んであってかなりきつく腰を締め上げており、むちゃくちゃ呼吸がつらいのだ。

「あはは、真琴ちゃん、ぜんっぜん気づかれなかったね！」

朱音が楽しそうに僕の背中をばしばし叩いた。

たしかに、村瀬真琴だとだれにも気づかれなかった。そこは僕の推測通りだった。かえって傷が深まったが。

生徒会長はさすがに僕であることに一目で気づいた。

「うひゃあ、村瀬君やっぱり私の見込んだ通りだったねえ、すごいクォリティだよ。さっそく撮影しよっか！」

白い幕を張った壁際に立たされ、会長手ずからデジカメのフラッシュを浴びせてきた。必要があるのか怪しい朱音とのツーショットまで撮られ、しかもポーズや表情にいちいち細かい注文が飛ぶ。

写真は大判でプリントアウトされ、校門広場のいちばん目立つ場所に立てられた掲示板にコンテスト参加者全員分が張り出されるのだという。投票箱も併設され、今日一日の一般投票の結果に、本選での審査員の採点が加味されて優勝者が決定される。

ミスコンの参加者は僕を含めて七名、そのとき全員が生徒会室に集まっていた。

「村瀬おまえ……すごいなそれ……どうなってんの」

同じく参加者である顔見知りの先輩が真剣におののいた顔で声をかけてくる。先輩もかなり気合いの入った花魁風味の和装だ。

「これもう優勝決まりだろ。俺たちせいぜい脇で盛り上げるわ」と別の参加者も僕の衣装や髪をあちこち触りながら笑う。

「ええと、はい、まあ……お疲れさまです」

返答に困って僕はとりあえず頭を下げる。

「じゃ、撮影はもう終わりですよね。着替えちゃって大丈夫ですよね」

訊いてみると生徒会長は目を見開いた。

「着替える？　なんで？」

「え、いや、だって……本選は夕方ですよね。それまでこのかっこうでいるわけにも」

「それまでそのかっこうでいるんだよ！」

生徒会長は鼻息荒く言った。

「コンテスト参加者は本選までコスのまま校内を練り歩くの、アピールのために！　自分の出し物がある人はしょうがないけどそうじゃないなら基本ずっと！　最初にそう説明したよね、村瀬君うんうんってうなずいてたよね？」

僕は青ざめた。

あまりに気乗りがしなかったので、コンテストの事前説明のときに上の空だったのだ。朱音も意外そうに目を丸くしてこっちを見ている。

「それとも村瀬君なにか出し物参加するの？」と生徒会長。

「……いえ……とくになにも……」

「じゃあ校内巡回してファンサービス！　がんばってね！　盛り上げていこう！」

僕はどんよりうなだれて生徒会室を出た。

「真琴ちゃん、一緒に校内巡りしようよ！　二人で回った方がいいよね！」

朱音が元気いっぱいに言う。

「あ、はい、おねがいします……」

思わず敬語。このお姫様スタイルで単身全校巡りなんて心細すぎたのでありがたい申し出だった。

「あの、真琴さんに悪い虫がつかないように私もついていきたいのですけれど」

詩月が申し訳なさそうに言った。

「華道部に顔を出さなければいけなくて」

「わたしも、両親が来るとか言っているから、あしらって追い返さないといけない」

凛子は物憂げに嘆息する。

「中夜祭でライヴやるなんて知ったら母がまた騒ぐかもしれないから、知られないようにしてさっさと帰ってもらわないと。朱音、村瀬くんをお願いね」

「うん！　真琴姫はあたしが守るよ！」

変な呼び方やめろ。

二人が手を振って歩き去ったタイミングで、校内放送がやかましいファンファーレに続いて生徒会長の声を伝えてくる。

『みなさんおはようございます。今日のためにみんながんばって準備してきましたね。いよいよ本番です。二日間、全部出し切って燃え尽きましょう！　一日目を開催します！』

校舎をたくさんの拍手が鳴り渡り、それが大勢の足音と人の声にとってかわる。

「あたしけっこう行きたいとこあるんだけどいいかなっ？　書道部がかなり良いらしいんだよね、書道選択の優秀作も一緒に展示してあるらしくてしづちゃんのもあるんだって、それからうちのクラスの娘たちがあんみつカフェやるんだけど試食のときからもうめっちゃ美味しくて早く行かないとなくなっちゃう、あとは――」

朱音は目を輝かせながら僕の手を引いて歩き出した。

ギャルソン＆お姫様のコンビはたいへん人目を惹き、どこへ行っても呼び止められ、高確率で写真撮影を求められた。やがて正体が僕だという真相が広まるにつれ、名前を呼んで声援を送られたり、他校の友人まで引き連れてわざわざ観にくるやつが現れたりと、おちおち歩いていられない騒ぎになってきた。

そんな中でも朱音は僕をエスコートし、楽しそうな出し物を見つけては飛び込んだ。

「文化祭のお化け屋敷がこんなハイレベルなんて聞いてないよ！」

ホラー映画研究会がガチで監修したスプラッターハウスから這々の体で逃げ出す僕ら。

続いては三年生有志によるコンセプトカフェ。

「カップル限定早食いチャレンジだって！　お姫様抱っこのままパフェ完食で無料だって、やろうやろう！　あれ？　この場合あたしが男役？」

いくら男装していても腕力は女子なので僕を持ち上げることすらできず断念した。

さらには天文部による占いの館。

「真琴ちゃん占いの結果どうだった？　あたしは今週、女運最悪で特に歳上に気をつけましょうだって！」

僕も同じことを言われた。占星術とかいっててきとうにやってるな？

コンテストのためのアピール活動、などといいながら、気づいてみれば僕も朱音も普通に文化祭を楽しんで回っているだけだった。午後になって校外からの一般来客もだいぶ増えると、どこの廊下も人で埋まり、すれちがうのにも苦労するようになった。

サインや撮影を求めるファンたちから逃げ、僕と朱音は階段裏の狭いスペースに隠れた。埃っぽくて居心地は悪かったが、ともかく一息つけた。

「高校の文化祭ってこんな盛りだくさんなんだね！　すでにお腹いっぱい！」

朱音は心地よい疲労を顔に浮かべて言う。

「楽しいけどだいぶくたびれちゃった。今日一日で何回写真撮られたかわからないね。あんだけ大勢に囲まれるのはやっぱり慣れないな。ステージの上から見るのは平気なんだけど、同じ目の高さで、距離も触れるくらいで、って、落ち着かない」

「そのわりにそつなくファンサービスできてたように見えたけど」

「そう？　内心びくびくだよ」と朱音は苦笑した。「こういうイベントってさ、やっぱりちゃんと学校通ってちゃんとクラスになじめてる人たちのためのお祭りって感じがしてさ。あたしなんかがいていいのかなって思っちゃう」

僕は朱音の横顔を見つめる。その頰や目に、唇に、かすかな翳りを見つける。

「……朱音も、今はちゃんと学校来てるし、授業出てるでしょ」

「そうなんだけど」

朱音の両腕が膝を引きよせる。今は厚手の黒いコックコートとエプロンとにくるまれて、頼りない腕や脚の細さは隠されてしまっているけれど。

「クラスでもやっぱりなんか違和感あって。凛ちゃんが一緒にいてくれてもね。がんばってみんなの輪の中で高校生やれてるような振りしてても、ふっと気を抜いたときに、あたしはやっぱりひとりぼっちでギター抱えて河原で歌ってるたぐいの人間なんだなって……思い出しちゃったりして」

僕は視線で朱音の顔の纖細な輪郭をたどる。

それから、彼女と同じように床の隅にたまった灰色の綿埃を見つめて、言った。

「いいんじゃないの、それでも」

朱音の視線が僕の頬のあたりに触れるのがわかった。

「ひとりぼっちって、べつに悪いことじゃないよ。だれに迷惑かけてるわけでもないし。いつもみんなと一緒にいるのが正しいわけでもない。僕だってずっと孤独に音楽やってたよ。ひとりじゃできないことがあるし、ひとりじゃないとできないこともある。それだけの話で、だから必要なときに必要な人と一緒にいればいいだけで――」

言葉の行く先を見失い、僕は口ごもる。

「……いや、ごめん。必要っていうと、なんか他人を利用できるときだけ利用しろみたいな言い方になっちゃうな。そういうんじゃなくて、つまり」

くすり、と朱音は笑った。

「必要、じゃなくて、にーどる？」

「ああ、うん。そうかも」

僕も力なく笑い返した。

会話が途切れると、廊下の方から喧噪が白々しく聞こえてくる。呼び込みの声、イベント案内の校内放送、水音、子供の笑い声、遠い金管アンサンブル……。

「――そっか。ひとりぼっちでもいいんだ」

しばらく後で朱音は自分のエプロンのポケットに目を落としたまままつぶやいた。地球の裏側からの電話みたいに聞こえた。

どんなに大勢と楽しく笑い合おうと、毛布に潜り込んで目を閉じるときはひとりだ。鍵盤に向かうとき、花の茎に鋏を入れるとき、まっさらなルーズリーフに鉛筆で最初の詩句を書き込むときも、どうしたってひとりだ。僕らはそれぞれの暗く湿った土に根を張って伸びた草で、ばらばらの生をなんとか過ごしてきて、それでもお互いを恋うたからこそ帯で束ねられて、ほんのひととき結びつけられた。

ほどかれれば、またひとりに戻る。そういうものだ。

やがて朱音が吐息とほとんど区別がつかないくらいささやかな声で言った。

「……でも、今日は真琴ちゃんが一緒にいてくれてよかったよ」

僕はまた朱音の横顔を見つめた。声があまりにも心細そうで、どういう意味で言ったのかよくわからなかった。

どう返せばいいのかしばらく悩み、けっきょく冗談めかしてしまう。

「僕も助かったよ。こんなかっこうでひとりでうろついてたら、人が寄ってきたときにどうすればいいのかわからないから」

「あははっ！　あたしも実は同じだけどねっ！　だからなんか対応に困ったら真琴ちゃんに話振ったり、真琴ちゃんの可愛さをアピールしたりしてしのいでたよ、気づいた？」

「ああ、うん、なんとなくね……僕も似たようなことしてたから……」

「これからも助け合って生きていこうね」

そのとき、校内放送が耳障りな注意喚起ジングルを鳴らした。

続いて生徒会長の声。

『ミス・コンテスト及びミスター・コンテストの本選を三十分後に開催します！　コンテスト参加者のみなさん、裏門駐車場まですぐに来てください！　そしてまだコンテストの投票を済ませていないみなさん、締め切り前にぜひ！　校門広場で受け付けております！』

もうそんな時間なのか。僕はのろのろ立ち上がった。

ところが、朱音が動かない。膝を抱えてうずくまったままだ。

「……どうしたの。行かないの？」

「ん……」

弱々しい笑みで僕を見上げてくる。

「もうちょっと。……もう、ずっと、ここにいたかったな」

「……え……いや、でも、コンテスト」

「わかってるよっ」

朱音はいきなり声を張り上げ、ぴょんと立ち上がった。その顔から、翳りはとっくに消し飛んでいた。

「じゃ、行こっか真琴ちゃん。ぜったい優勝しようね！」

駐車場には車が一台もない代わりに15メートルくらいの幅のある大きなステージが設置され、百人を超える観客たちがその足下に詰めかけていた。ステージ端の審査員席に座るのは、体育教師、美術教師、生徒会長、新聞部部長、演劇部部長の五人（なぜこの人選なのかはよくわからない）。司会者は放送部部長だった。

まず、ミスター・コンテストにエントリーしている七人の男装女子たちがステージにずらりと並んだ。宝塚スタイルの王子様、自衛官の制服、傾奇者ふうの和装、といった華やかなコーディネートばかりの中、それでもいちばん目を惹くのは朱音だった。なぜかは説明できないが、とにかく立っているだけで絵になるのだ。

さらには、質問タイムで司会者がオーディエンスから自由質問を募ったところで、優勝は完全に決定づけられた。争って手を挙げる観客たちの中から、司会者が二十代後半くらいの一般女性客の一人を指名する。マイクを渡されたその女性は言った。

「宮藤朱音さんに質問です！　今日ライヴやるって噂ほんとうですか？」

どうやらPNOのファンだった。会場に不穏なざわつきが起きる。朱音は一瞬だけ目に困惑の色を浮かべたが、すぐに適度な遺憾の表情をつくって答えた。

「ごめんなさい、やるのは中夜祭だからうちの生徒しか入れないんです」

ええええーっ、という声がギャラリーのあちこちからあがった。

「聴きたい！」

「どうしてもだめなの？」

「なんとかならないんですか！」

必死な声がほうぼうから飛んできて、嫌な雰囲気がコンテスト会場に流れる。先生たちは露骨に迷惑そうな顔をしているし、生徒会長は司会者に歩み寄ってマイクを引ったくろうとしている。僕はステージ裏からその様子を見て気を揉むばかりだった。

そのとき、朱音がひときわよく通る声で言った。

「じゃあ、代わりに——といったらあれですけど、一曲歌いますね」

ステージが揺らいで軋むくらいの歓声と拍手が沸き起こった。

選曲も完璧だった。我が校の校歌だったのだ。ソウル風にアレンジした歌い方だったので校外の人間にはまるでPNOの新曲かのように聞こえたかもしれないし、うちの学校の人間にはなじみのあるメロディがしっかり伝わってくる。

渋い顔をしていた体育教師も美術教師も、朱音が歌い終える頃には相好を崩してみんなといっしょに拍手をしていた。

「では、ミスターの審査結果は後ほどミスと一緒に発表いたします！」

司会者が観客の興奮に負けじと声を張り上げる。

「続いて、お待ちかね、ミス・コンテストの候補者入場ですッ」

ステージ裏で待機していた僕らは、朱音たちと入れ替えられる。

「真琴ちゃんも一曲歌ってきなよ！　うけるよ！」

すれちがいざまに朱音がそう言って親指を立てた。いや、あんなのの後に歌を披露する勇気なんてあるわけないだろ。

他の参加者と一緒にステージに出ると、どよめきが起こり、それが一定の厚さのさざめきに落ち着く。

みんな——僕を見ている気がする。

自意識過剰だろうか？　いや、でも、そこかしこで「ムサオ？」「あれが？」というつぶやきが飛び交っているのが聞こえる。

「あれ本物の女じゃないの」

「反則だろあれは」

気のせいじゃない。ものすごい量と圧力の視線が僕に集まっている。同じステージ上の華やかに女装した男子生徒たちも僕をちらちら見ている。奇妙な熱が頭の中に溜まって、司会者の声もよく聴き取れない。それぞれ自己ＰＲをお願いします、とかなんとか言われてマイクを手渡される。

「……ああ、ええと。……一年七組の村瀬真琴です。……趣味は、音楽で……その」

かわいいぞ、もっと面白いこと言え、一曲歌え、太もも見せろ、とあちこちから囃し立てる声が飛んでくる。自分でなにを言っているのかもわからなくなる。

なにやってるんだろう、僕は。

べつに女装したくてしてるわけじゃないし、優勝しなきゃいけないわけでもない。口の中でもごもごと言葉を嚙み潰し、司会者にマイクを返そうとした。観客の間から不満そうな声があがり、司会者も「もうちょっとなにか……」と苦笑いしている。いや、もう話すことなんてなにもないよ。いいだろ、おしまいで。

「村瀬君、女装が完璧すぎってめっちゃ話題になってるんですよ！」

わざとらしいくらい明るい声で司会者が話を振ってくる。

「すっごい慣れた感じですがひょっとしてこれまでにも女装経験ありですか？」

観客の一部がどおっと沸いた。僕は司会者の顔をちらとうかがった。こいつ、絶対に知って訊いてるだろ？

僕は内心ため息をついた。Musa男についてはネットで調べればすぐに出てくることなので、いつまでも隠してはおけないのだ。

もういいか、べつに認めても。事実なんだし。

「……ええと。はい。動画に人を集めたくて。姉貴にやってみろってすすめられて」

ムサオ、とあちこちから呼ばれる。視線を上げられない。

「なるほど！　今日もファンのみなさんが詰めかけてるみたいですが！　なにか一言？」

おい、やめてくれよ、と僕は思った。なんにもないです。早く次の人にマイクを回してください。

でも、再びマイクを押しつけられ、おそるおそるステージ下を埋め尽くす観客たちに目をやったとき、僕は見つける。

分厚い人垣の外側。凛子と詩月だ。向こうも視線に気づいた。詩月は満面の笑みで手を振ってくる。凛子は不満そうに腕組みしてなにか言いたげに目配せしてくる。

こわばった吐息が喉につっかえ、なかなか出てこない。

二人とも、なにか僕に期待している。

たぶん、ステージ裏にいる朱音も、だ。

なにを期待しているんだ？　僕がおまえたちの期待に応えなきゃいけないとしたら音楽に関してだろ、女装なんてなんの関係もないだろ？

でも、と思い、だれにも気づかれないように少しずつ息を吐き出す。

これも僕なのだ。村瀬真琴は音楽だけでできているわけじゃないのだ。その事実もまた認めなきゃいけない。

汗ばんだ手でマイクを握り直し、口を開いた。

「……再生数のためで、べつに女装が趣味だったとかではなくて、今はもう女装しなくてもバンドのみんなのおかげで曲を聴いてもらえるようになって、だから、……こんなことでもなければやらないんですけど」

背後のステージ裏で朱音がくすりと笑ったのが聞こえた気がした。

「……ただ、女装してたおかげで……今のメンバーに出逢えて。すごくいいバンドが組めたので、そういう意味では、女装してたのも悪くなかったなって……」

「それはつまり女装最高！　ということですかっ？」

司会者が目をぎらつかせて食いついてくる。会場の熱気もぶわっと押し寄せてくる。

流されるしかなさそうだった。

「……ええ、はい。女装最高です」

ステージが崩壊しそうなほどの怒号じみた喝采が吹き荒れた。

キョウコさんとは、中夜祭開始の十五分前に学校裏門前で待ち合わせていた。

五分遅れで息せき切らせて駆けつけた僕を見て、キョウコさんは目を丸くする。

「これはまた、ずいぶんキュートな装いだね」

「ええ、ああ、はい……遅れてすみません」

僕は肩で息をしながら自分の服装を見下ろす。コンテスト用のレトロお姫様ワンピースのままな上に、優勝のたすきをかけていて、頭にはティアラまでつけているのだ。キョウコさんにまじまじと見られて顔がかっかと火照った。

「これは、ええとそのう、優勝スピーチとか写真撮影とかインタビューとか色々あって着替えるひまなくて、あの、ほんとにすみません待たせちゃって、これ招待券ですのでだれかになにか言われたら見せて許可はとっているって言ってください、体育館にはシート敷いてあるので普通に土足で大丈夫です、それからええと」

恥ずかしさのあまりめちゃくちゃ早口になる。

「そのかっこうでライヴもやるの？　素晴らしいね」

「い、いえっ？　これから速攻で着替えて――」

そのとき、体育館の方から駆け寄ってくる足音が聞こえる。

「真琴ちゃーん！　時間押してるからもうスタンバってくれって！　あっキョウコさん、今日は来てくれてありがとうございます！　楽しんでってください！」

朱音だった。キョウコさんに向かってぺこっと頭を下げ、それから僕の袖を引っぱる。

「着替えくらいさせてくれよ！」

「そんな時間ないってば、そのまま演ればいいじゃん！　それじゃキョウコさん、また！」

朱音は僕を体育館へとずるずる引っぱっていく。キョウコさんは笑って手を振り見送る。

「そっちはしっかり着替えてるのにずるいだろ！」

すでにギャルソンスタイルではなくステージ衣装なのだ。コルセットで腰をきりっと締めて胸を際立たせた、古風ながらもセクシーで洒落たドレス。朱音だって優勝したのだから撮影もインタビューもあったはずなのに、なぜ着替える時間がとれたのか。

「だってあたしはあんまり撮影に時間とられなかったし。真琴ちゃんがそんな可愛いかっこうするからいけないんだよ」

「おまえが選んだ服だろうが！」

体育館の裏口から舞台裏に引っぱり込まれる。凛子と詩月もすでにステージ衣装に着替えて僕を待っていた。二人とも色や柄こそちがえど似たようなクラシックドレスだった。

「着替え？　そんな時間ない。すぐ開演」と凛子は冷ややか。

「真琴さん、そのままの方が四人そろってていいですよ！」と詩月は嬉しそう。

僕は暗い天井を仰いだ。中夜祭は、周辺民家に「やかましいのは十九時で終わらせます」と約束して回っている関係上、終演時間が絶対なのだ。僕が着替えに時間をとられていたら演れる曲が減ってしまう。

しかたない。あきらめて、ティアラとたすきだけ外した。

それから、近世ヨーロッパ風で統一されたバンドメンバーの服装を見回し、ふと思い浮かんで、おそるおそる訊いてみる。

「……ひょっとしてこうなるの想定して今日の衣装選んだ？」

凛子と詩月と朱音は顔を見合わせた。

「さあ」「偶然ですよ」「真琴ちゃん、考えすぎ！」

テンポの良い返しに僕の疑惑は一気に確信へ変わった。

「やっぱ想定してただろ！　ていうかこうなるように誘導しただろッ？」

「ほらほら真琴ちゃん、あたしらに噛みついてる場合じゃないって！　今日倒さなきゃいけないのはキョウコさんなんだから！」

朱音は僕の背中を引っぱたき、舞台に向かう。凛子と詩月はすでにライトの下に出ていて、体育館に詰めかけた全校生徒の歓声を浴びている。

僕の足は止まっていた。

朱音も気づいて舞台袖で振り返り、心配そうに顔を曇らせる。

「どうしたの、真琴ちゃん」

「……ん……ああ、いや」

キョウコさんを、倒す。

すまなかった、ばら売りしろだなんて失礼だった、バンドとしてきみたち四人がほしい、と言わせる。

そうなったら——どうする？

答えをまだ僕は出せていない。どんな場所で、だれのために歌うのか。

朱音には訊けなかった。きっぱり即答されてしまったら、僕だけが地べたをぐるぐる這い回っていることを思い知らされてしまって、つらい。

迷いを口の中に含んだまま、舞台袖から出た。

横殴りの拍手と歓声が襲ってくる。前の二回のライヴよりも、吹き寄せる声がとげとげしく直情的に聞こえた。みんな僕と同じ高校生だからか、それとも客のせいではなく、僕が普段とちがう理由で緊張しているからか。これからプレイを審査されるのだから。

プレシジョンベースをスタンドから取り上げ、肩にくぐらせる。お姫様ドレスを着ている違和感はいっそう強くなる。大きく開いた襟元からむきだしになった肩にストラップがじかに食い込むし、腰がコルセットで鉛筆くらいの細さに締め上げられているせいでベースのボディ裏と僕のお腹の間に妙な空隙ができている。

ドラムセットを振り返り、詩月にうなずいて合図を送った。

四人の視線が、ステージの真ん中でぶつかる。

それぞれが観客の方に向き直った瞬間、4カウントが僕を違和感もろともビートの中に引きずり込んだ。

思い悩んでいるひまなんてなかった。僕は自分の手のひらの中で暴れ回る四本の弦にたちまち皮膚を掻き裂かれ、見えない血でまみれた。

そのときの僕は、虚ろな筒だった。音楽は僕の中から湧き出てくるのではなく、どこか遠くからやってきて僕の内側をずたずたにしながら吹き抜けていくものだった。自分で書いた曲、自分で当てはめた詞のはずなのに、まるで知らない歌に聞こえた。それでいて、指はひとりでに弦の上を滑り、グルーヴは僕の足下で地面をうねらせ波打った。歌声さえも僕の喉から知らない間にあふれ出て朱音の声にハーモニーをからめている。

こんな形の音楽もあるのか、と僕は寒々しく思い、震えた。

キョウコさんに出逢い、初見のベースプレイで天地ほどの差を見せつけられ、それから練習に明け暮れた。思考を跳び越して身体と結果を直接結びつけるためのものが反復練習なのだとしたら、なるほどこれは見事な結実だ。心がどれだけ深いぬかるみの中に置き去りにされていようとも、肉と骨と神経は勝手に歌い続ける。

気持ち悪いくらい気持ち良い。

あるいは僕は考えすぎなのかもしれない。

音楽なんて刺激と興奮のためのもので、だから音がまっすぐに身体を貫いて中をぐちゃぐちゃにして風穴を開けてくれるならそれでよくて、心が隅っこで縮こまっていようが破片で傷だらけになっていようがかまわないんじゃないのか。

すべて委ねてしまえば。

ジェット機の爆音のごときギターソロが朱音の歌声を引き継ぐ。凜子の挑戦的な高速パッセージが負けじと高音域を奪い返す。さんざんに踏みしだかれたはずの詩月のビートはより力を増して土の下から僕らを突き上げてくる。もっと走れ、高く跳べ、翼を打ち振れ、風をすべて捕らえろ、とばかりに。

そのとき僕はバンドの中心にいたわけではなく、ただ昇ることも深みに潜ることもできず彼女たち三人のちょうど間に突っ立っていたに過ぎなかった。上下に引き裂かれてできた傷口から血の代わりに音楽が勝手に流れ出しているだけだ。

このままではいけない、今までと同じじゃないか——

そう訴える僕の中の小さな声は、最高潮に達したギターソロが引き連れてくるコーラスによってたやすくかき消される。朱音の歌声、そして僕自身の歌声に。

みんなに置いて行かれたくなくて、何週間もやみくもに練習してたどり着いたのがこんな場所なのか。

僕の肉体と感覚はみんな音の快感にばらばらに解きほぐされて洗い流されてしまい、あとに残ったちっぽけな想いが、すがるようにして暗闇の中になにか助けになるものを探す。

キョウコさんは——どこにいるのだろう?

すぐに見つかった。体育館の向こう端、バスケットゴールの真下の壁に寄りかかっている人影だ。髪も黒、服装も黒っぽくて暗がりに沈んでいるはずなのに、あの人だとはっきりわかる。表情まではわからないけれど。

今の僕をどう聴き取っているだろうか。

上手くなっているはずなのに、一ヶ月前よりもずっと遠く感じる。

それともこの寒々しい空虚感は僕の考えすぎで、キョウコさんはちゃんと僕の技術的な成長を評価してくれているのだろうか。

歌が終わり、何百人もの生徒たちが跳び上がり腕を振り回し声を嗄らして喝采する。でも僕はその熱狂の海を隔てた向こう岸の暗闇にぼうっと灯っている黒い炎の柱みたいな人影しか目に入らない。額を伝い落ちた汗が目に入り、炎がぼやける。

——何百万人もの心に音楽を届けるなんて、……だれにもできない。

あのときのキョウコさんの言葉が、さんざめく歓声の中でくっきり浮かび上がる。

——たったひとりでいいんだよ。

たったひとりのために、歌う。

倒すべきはキョウコさんで——だからキョウコさんひとりのために歌うべきなのだろうか。

他のすべてを忘れて。

いや——

「……ええと。次は新曲です」

朱音が汗みずくの声をマイクに吐きかけた。観客が溶岩の海みたいに沸いた。

「これまでずっと作詞も真琴ちゃんがやってたんだけど、はじめてあたしがやりました。気に入ってくれると嬉しいな」

歓声の大波がしぶきを散らして押し寄せ、舞台際で砕ける。マイクスタンドの前でくるりとターンして詩月と向かい合った朱音は、肩と頭を揺らして二人でカウントを合わせ、ピックを弦に叩きつけた。時間も空間も細切れにするような目まぐるしいカッティングのリフが走り出す。裏拍に何度も詩月のキックが突き入れられて焦燥感を煽り立てる。

朱音の視線が凛子に渡された。ほとんどアタック音しか残っていないほどに歪まされて研ぎ澄まされたピアノがビートをさらに細分化する。

それから、僕だ。

朱音に見つめられて無理矢理にスイッチを入れられた僕の右手が跳ね上がり、バンドのエンジンに燃料をどくどくと注ぎ込み始める。

朱音が再び身を翻した。

古風なドレスの長いスカートが、夜明けの花みたいにふうわりと広がり、また脚に巻きつきながら落ち着く。

もう何度となく聴いた歌なのに、そのときの朱音の声は僕の世界をいっぺんに塗り替えた。詞のひとつひとつは甘い雪の粒だ。肌に突き刺さり、けれどしんとしたかすかな痛みだけ残して消えてしまう。その内側にあるたしかな熱を思い出させてくれる。

フレーズがひと巡りするたび、暗闇が色づく。僕には紡ぐことができなかったソリッドで鮮やかな言葉たちが、羽虫となり火花となり星となって飛び散っていく。

これは――やっぱり僕の歌だ。

僕のバンド。僕が選んだ場所。僕が作り、名付けたオーケストラ。

したたかで華やかな少女たちに囲まれた虚飾の城で、内側には音が響くための空洞しかないのだとしても、そのかけがえのない空っぽが僕自身だ。認めて、受け入れなければいけない。あきらめるのではなく、そこから歩き出すためだ。ノートPCの画面の光だけが照らす暗い部屋にひとりきりで、だれにも聴いてもらえないかもしれない曲を作り続けていた頃の僕。今も変わらない。再生数が何百倍、何千倍になろうとも、僕は僕というひとりでしかなく、この手を、この声を届かせることができるのは、たったひとり。

それなら――

コーラス直前、ドラムスがふと途絶え、たなびくオルガンの膜も消え、ギターとベースの剝き出しの響きだけが真っ暗な虚空に放り出される。

朱音が僕の方を向いて、微笑んだ。

形にできないたくさんの想いを含ませた視線を返す。

今は、きみのために歌おう。言葉をくれた、たったひとりのきみのために。

マイクスタンドに歩み寄る——自分のではなく、朱音のそれに。彼女は少し驚いた顔をしたけれど、右足を半歩引いて僕を迎え入れた。

シンバルが爆発して弾ける。光の雨となったストリングスが降り注ぐ中、朱音は六本の弦を掻きむしりながら、僕は四本の弦を脈打たせながら、歌声を重ねる。ふたつの声は焦点で溶け合い、電気となって配線を駆け巡り、大量の願いと祈りをのせて増幅され、解き放たれたときにはもうどちらの声なのかわからなくなっている。

朱音もまた、たったひとりのために歌っているのがわかる。

彼女はプリズムとなり、オーケストラすべての音を吸い取って見たこともない色彩の光に分解し、飛び散らせていく。たとえひとりに向けたものだとしても、その輝きはひとりで受け取るには強すぎて、どうしたってあふれだし、世界中に拡がってしまう。人々が勝手にそれをつかみとり、自分のためのものだと思い込み、熱を生み、またあふれさせ——

そうして音楽は時代も国境も越えてきた。

僕らは今その波打ち際に立ち、いずれ波に洗われて骨まで朽ち、やがては水底で眠る砂になるだろう。いのちは音楽でつながっている。

痛切な詩句が尽きて歌がピアノソロの旋律に引き継がれる。

僕はマイクスタンドから離れ、ひとりきりの暗がりに舞い戻る。冷たく厳しく不毛だけれど澄み渡っていて星がよく見える夜空のような、いとおしい孤独の中に。

自分の指から生まれる脈動が、オーケストラ全体に伝わっていくのがわかる。

ピアノの激しい泣き笑いの下降音型。それにかぶさる朱音のとろけるトーンのソロは、彼女の歌声と同じくらい甘くて焼けつくように酔わせる。

ハイハットシンバルのしずくが、タムタムの折り重なる波紋が、闇の中で数千数万の小さないのちのさざめきを浮かび上がらせる。キックは雪をかぶった遠い山々の間を響きながら減衰していく木霊だ。僕自身のたどるベースラインは、そんな光景のどこにも見つけることができない。土や風の中に染み込んでいるからだ。

この夜が僕の場所で——ここから始めれば、どこにでも行ける。

そう教えてもらった。

最後のオープンコードを掻き鳴らした朱音が、僕を振り向く。天井が鉄骨ごと崩れ落ちてきそうなほどの大歓声が湧き起こり、舞台のびりびりした震動が足の裏から伝わってくる。

汗を浮かべて顔を火照らせた朱音が、なにか言った。

観客の叫び声と手を叩く音と足を踏みならす音とで完全にかき消され、彼女の声はまったく聞こえなかった。

それでも、わかる。

さっき声を混ぜ合わせたときに注ぎ込まれた彼女の一部分がまだ僕の中に残って静かに息づいていて、だから空気を介さなくても伝わる。

詞にさえ使わず、もっと大事なときのためにとっておいた魔法の言葉。

もちろん僕の思い込みで自意識過剰で恥ずかしい勘違いかもしれなくて、でも人間はそういう嘘とか夢とか幻の力にぬけぬけと突き動かされて、詩を詠み、歌を唄い、恋をするのだ。

朱音が恥ずかしそうにはにかむ。

僕はどんな表情を返せばいいかわからない。

詩月がいっそう激しいハーフタイムシャッフルを叩き始める。客席は煮えたぎり、凛子は耳障りなくらい歪ませたオルガンの目まぐるしいオクターヴ跳躍で戦闘開始を告げる。僕は朱音の笑顔から引き剝がされ、ビートの奔流に放り込まれた。

朱音は笑いながら僕から視線を外し、沸き返る観客たちの方へと一歩また一歩踏み出し、舞台際で右手を挙げて歓声に応え、そのままピックを振り下ろした。いびつな暗闇をやすやすと踏み越えて走り出す。

次の歌へ、そのまた次の歌へと——

8　夜明けがあなたを連れてくる

　キョウコ・カシミアはついこの間まで世界中をツアーで回っていて、この十一月の渋谷オーイーストは実に二年ぶりの日本公演だった。東京ドームから始まる全国ツアーのプレ公演であり、会場は（彼女のようなビッグネームとしては）小さめのキャパおよそ１３００。当然チケット争奪戦は凄絶で、入念な転売対策が施されているというのにオークションサイトに六桁の値段での出品が相次いでいた。

「もおおおおおおお最ッ高だった！」

　アンコール後、サウナから出てきたみたいに汗みずくで真っ赤になった朱音が興奮もあらわに言って僕の肩をばしばし叩いた。

「やっぱりライヴハウスだよね、ドームじゃ音響悪いし！　このキャパじゃ倍率どれくらいだったんだろうねっ？　招待券じゃなきゃこんな公演一生チャンスなかったよ！」

「ほんとうにこのあと楽屋にお邪魔してもいいんですかっ？」

　詩月も目をぎらぎらさせている。キョウコ・カシミアが好きなのももちろんだが、それ以上に相棒のドラマーの大ファンらしいのだ。

「当然でしょう。ライヴはおまけなんだから。審査結果を聞くのが今日の目的」

凛子はひとり冷静なふりをしているが、演奏中は僕の隣でむちゃくちゃのっていたのをしっかり目撃している。今も首筋のあたりが火照って赤らんでいる。

「スタッフに話は通ってるらしいから、行こうか」

僕はステージ裏手に続く廊下を指さし、先んじて歩き出した。

文化祭から、もう一週間が過ぎた。

あの夜、キョウコさんはメールでこんなメッセージを残し、すぐに帰ってしまった。

『とても良いライヴだった。おつかれさま。きみたちも今日は忙しいだろうし、私も返答に準備が必要だから、今日のところは帰ることにする』

たしかに後片付けで忙しかったし、おまけにくたびれていた。文化祭二日目も残っていて、すぐに結果を聞く気力なんてなかった。

翌日、ライヴへの招待メールが送られてきたのだ。

招待されっぱなしは悪いのでお返しに――とのことで、思ってもみなかったプレゼントに僕らは大感激だった。

楽屋にお邪魔すると、詩月はキョウコさんそっちのけでドラマーさんに駆け寄り、白いリストバンドと油性ペンを取り出して「あのっこれにサインお願いしてもいいですか！」と声を裏返らせる。ドラマーさんは短髪で気っぷの良さそうな女性で、たしかキョウコさんの一つ歳下のはずだけれどやっぱりアラフォーにはまるで見えない。

「いいよー。今日は来てくれてありがとうね。高校生バンドなんだって？　うわあ、ほんとに女三人に男一人だ、あたしらを思い出すねえ」

ドラマーさんがにこやかに対応してくれるので詩月は調子に乗ってさらに食いつく。

「あの、新曲のイントロが絶対ツーバスだと思ってたらワンバスでしかも今日叩いてるところ見てもどうやっているのか全然わからなくてもしよかったら——」

「詩月、忙しいとこお邪魔してるんだからだめだってば」

放っておくと一時間くらいドラムトークを展開しそうだったので僕はあわてて詩月の手首をつかんで引っぱり戻した。

キョウコさんは苦笑して廊下の方を指さす。

「場所を変えよう。将来に関わる大切な話だからね」

人気のない自動販売機のそばまで僕ら四人を連れてきたキョウコさんは、「さて」と腕組みしてしばらく天井を仰いだ。黒いレザーのホットパンツにへその出るチューブトップというステージ衣装、しかもライヴがはねた直後で肌が上気して髪が汗で額に張りついており尋常ではない艶っぽさだった。

「どう話を切り出したものか悩むね。……といっても、どうやら私がなにを話したところで結果は変わらない気配がある。この一週間、きみたちは特に焦れてなかっただろう？」

僕は返答に詰まった。まったく言う通りだったからだ。

「ライヴはすっごく楽しみでした！　一週間ずっとろくに眠れなかったから！」

朱音が意気込んで言うが、そういう話じゃない。僕も楽しみすぎて寝不足だけど。

「よかった。それなら話の結果がどうであろうと呼んだ甲斐があったね。……結論から先に言おう」

そこでキョウコさんは言葉を切って、僕ら四人をざっと見た。

唾を飲み込んだ。審査結果に気を揉まなかったとはいっても、言い渡される段になってまったく緊張しないわけではない。

「……私の負けだ。きみたちはバンドとして、素晴らしかった。とんでもなく成長し続けているね。舌を巻いたよ」

喜びよりも安堵が先にやってきた。

詩月と朱音は抱き合ってはしゃいでいる。凜子は「当然でしょう？」と言いたげな澄まし顔でいる。

しかし、喜ばしい結果だとなおさら、気が重い。

「……あのう、ありがとうございます、そう言ってもらえたのはすごく嬉しい……んですけど、その、こちらから申し込んでおいて、ほんとうに——あれなんですが……」

そのとき、キョウコさんがすっと手を伸ばしてきて僕の唇に人差し指を触れさせた。

僕はびっくりして跳び退く。キョウコさんはいたずらっぽい笑みを浮かべて言った。

「今日は私のみじめな敗北宣言を聞いてもらうために呼んだんだ。せめて、みんなお見通しだったんだ、という虚勢くらいは張らせてくれないか」

頭がかあっと熱くなった。恥ずかしい。この人にそんなことまで言わせてしまうなんて、申し訳なさ過ぎる。

「あらためて、きみたちパラダイス・ノイズ・オーケストラをプロデュースさせてほしい。と私が申し入れたところで、きみたちは断るつもりだったんだろう?」

上目遣いになってしまう。

「ええ、はい、あの、色々考えたんですけれどやっぱり……」

「少年、そういう優しい嘘はこんな場ではつかなくていいんだ。色々考えてなんていないだろう。正直に言った方がいい」

もうだめだ、キョウコさんの顔をまともに見られない。

代わりに隣の朱音が勇ましく言う。

「はい！　もう最初っから、キョウコさんに電話をかけたときからそのつもりでした！」

凜子が冷然と追い打ちをかける。

「そう。認めてもらうのだけが目的。プライドの問題だったから」

詩月くらいはフォローしてくれるかと思ったけれどそんなことはなかった。

「でも、プロデュースしていただけるかどうかという判定を真剣にしていただかないと、私たちの傷ついたプライドが回復しませんでしたから」

キョウコさんは髪を振り乱して大笑いした。

「よくもこんな良い性格の娘たちが集まってバンドを続けていられるものだね！」

いやほんとにまったくその通りなんです。

「……僕は、最初からそんなつもりだったわけじゃなく、けっこう悩んで……」

なおもぐちぐち言う僕にキョウコさんは困った笑みを投げてくる。

「きみだって、プロデュースを受けるかどうかで悩んでなんていないだろう。とっくに出ている答えを直視できずにいただけだよ」

両手で顔を覆った。全部見透かされている。

いや、ここでなにも自分の言葉を返せないのは、失礼の上塗りだ。今後ほんとうにまったく顔向けできなくなる。気丈にキョウコさんを見つめ返して言った。

「……はい。結果がどうあれ、お断りするつもりでいました。自分たちのペースでやりたいですし、まだ高校生だし……あとは、個人的な話ですけど、キョウコさんの曲を純粋に楽しめなくなっちゃう気がするんです。自分と混ざっちゃうっていうか……」

「うん。きみたちにとっても、その方がいいだろう」

キョウコさんは優しい笑みになってうなずく。

「私のエゴだけで言えば、きみたちのような逸材を好き放題に料理してどれだけのものができるのか見てみたいという欲望でいっぱいだ。でも、きみたちの人生を考えれば、今はたっぷり高校生活を楽しんで、その後のことをゆっくり考えた方がいいよ」

こんな流れで、こうもまともで人間的なことを言ってもらえるなんて、ほんとうにもうひたすら頭を下げるしかなかった。

「ありがとうございます。ほんとに、すみませんでした」

「謝らなくていいよ！」

キョウコさんは呵々と笑った。

「実を言えば断ってもらってちょっと安堵している。プロデュースしたいだなんて言っておきながら、私の手には負えないんじゃないかと薄々感じていたんだ。この三人娘、とんでもないじゃじゃ馬だろう。少年の苦労が偲ばれるよ」

「え……はあ、まあ……」

僕に同意を求められると三人の視線が痛いので困る。

そこで朱音がわざとらしいむくれ顔で言う。

「でもキョウコさんだってひどくないですか！　欲しいのは真琴ちゃんだけ、おまえらは要らない、なんて！　そりゃうちらも怒りますよ！」

……ん？

聞き間違いだったか、と僕は朱音の横顔を凝視する。

「たしかにね。無礼だったのは認めよう」とキョウコさんが答える。「しかし私の気持ちも理解してもらえないかな。少年しか目に入らなかったんだよ。きみたちだって少年を奪われまいとして必死に抵抗したわけだろう。つまりは私と同じ気持ちだってこと」

「理解はできます。でもとっても腹が立ちました！　それから真琴さんはぜったいに渡しませんから！」

詩月が憤ってみせる。ただひとり話から脱線した僕は、呆然と彼女たちの顔を見比べることしかできなかった。

最初に僕の様子に気づいたのは凛子だった。

「……村瀬くん、ひょっとして」と凛子は目を眇めて訊いてきた。「なにか――変な勘違いをしていない？」

「え？　……うん、いや、ええと……だって、僕が足を引っぱってたから……僕が抜けて三人でプロデビューっていう……」

このときはじめて僕はキョウコ・カシミアを心底驚かせることに成功したのだった。まったく思いがけない、しかも全然嬉しくない形で。彼女は目を見張り、僕を数秒間見つめ、それから弾けたように笑い出した。

壁に背中をこすりつけて涙を浮かべてまで笑うキョウコさんを、呆然と見つめる。

「……少年、きみ……きみってやつは……」

切れ切れの声でキョウコさんは言った。

「ああ、そうか、たしかにね……私の言い方も紛らわしかったか。きみひとりだけレベルがちがいすぎる、バンドを抜けろ、と言ったんだっけ……でも、まさか！」

まだ笑いがおさまらないようで、声の合間にひゅうひゅうという呼吸音が挟まる。

「まさか逆の意味に取るなんて思わなかったよ」

逆。

僕はキョウコさんから視線を外し、朱音を、詩月を見やる。二人とも、マネキンを人間とまちがえて挨拶してしまったときみたいな顔をしている。やめてくれ。なにか言ってくれ。

助けてくれたのは——ほとんど助けにはならなかったけれど——凛子だった。

「なにか、おかしいと思ってた。どうも端々で会話が嚙み合わない。がんばるモチベーションがないと思った、って言ったらなんか怒っていたし。やっと理由がわかった」

そう、たしかに言われた。あれは嫌みではなくて——そのままの意味で……

思い返せば、足手まといは僕なのになぜ朱音があんなに怒ったのかとか、それ以上がんばるの？　なんて訊かれて意味がわからなかったとか、ぜんぶ僕の勘違いで逆だったとすれば辻褄が合うわけで……いや、でも……そんなのって……

僕は後ずさって壁に背中を押しつけ、そのままずるずるとへたり込みそうになった。

朱音が僕の両腋の下に手を差し入れて強引に立たせる。

「ちょっと信じられないよ、え、なに？　わかってなかったの？　このバンドは真琴ちゃんで保ってるんだよ、真琴ちゃん抜きにしてうちらだけ欲しがるとかあるわけないでしょ！」

詩月も負けじと朱音の肩越しに責め立ててくる。

「真琴さん、どれだけご自分が素晴らしいか全然理解していなかったということですか、私が顔を合わせるたびに褒め称えているのに！　足りませんでしたかっ？」

もう僕は限界近かったが凛子が静かにとどめを刺してくる。

「みんなごめんなさい。村瀬くんがこんなふうになってしまったのはわたしが日頃から貶めすぎたせい。これからは褒め言葉だけかけるようにする」

「気持ち悪いからやめてくれよ！」

「あ、つっこみする元気が戻ってきたみたい。ひと安心」

こいつ……。

たしかに茫然自失からは回復しつつあるけれども。

「真琴さんがこんなではバンドの今後が心配です！」と詩月が僕の肩を揺さぶる。「これからマックでミーティングです、各自百個ずつ真琴さんの良いところを言い合いましょう！　私はもちろん千個でも言えますけれど！」

「勘弁してくれ……立ち直れなくなるよ」

僕の弱々しい声を無視して朱音が「いいね！　順番に言ってってネタ切れになった人のおごりにしよう！」と無駄なのりの良さを発揮する。

僕らのやくたいもないやりとりを傍で聞いていたキョウコさんの笑い方は、もうすっかり子供を見守る微笑みに変わっている。

「このバンドでいちばんの厄介者は少年だったみたいだね」

「え、ちょっ、その評価には反論したいですけれどっ」

「輝かしき前途多難、だ。きみたちには色んな意味で期待しているよ」

そうしてキョウコさんは楽屋の方へと歩み去ろうとし、廊下の角のところで立ち止まってこちらを振り返った。

「じゃあ、次に逢うときは対バンで、だ」

最高に嬉しい別れの文句だったはずなのに、ショック覚めやらぬ僕には喜ぶ余裕なんてまったくなかった。

＊

大変なことがありすぎた十一月も後半に入り、ようやく身のまわりが落ち着いてきて気力が回復してきた僕は、動画サイトのＰＮＯチャンネルを更新した。中夜祭ライヴの録画をアップしたのだ。

そのままあげるなら大して時間はかからないのだけれど、生徒たちのプライヴァシーに配慮してバンドメンバー以外の顔が一切映らないようにと編集しなければならず、作業が終わったのは深夜だった。動画を確認し、ベッドに入る。

眠りはすぐにやってきた。

翌日は土曜日だったのでアラームなしで快適に目を醒ます。

午前十一時。さすがに寝過ぎた。

昨晩アップロードしたばかりの動画を確認する。再生数は上々の滑り出し。そしてコメント欄は、珍しく僕への賞賛であふれかえっていた。いつもはみんな朱音と凛子と詩月に夢中だし、そもそも僕が動画に出ていないことも多い。

これは――うん、まあ、女装効果……だろうな。

あらためて中夜祭のステージを客席視点から観ると、よくできた女装だと認めざるを得ない。小森先生のメイクの腕、朱音のコーディネイト、どちらも大したもんだ。同じステージ上にいる本物の女の子三人と見比べてみても、やはりしっかりと女に見えてしまう。しかも衣装が全員同じテイストかつ僕のだけひとつ抜けて華やかなので、例外的に目立てたのだろう。

だから、べつにミュージシャンとしてあの三人に並び立てているわけじゃなく――

けれどコメント欄のそこかしこに、ベースやサイドヴォーカルへの言及を見つける。

上手(うま)くなっている、音作りがいい、朱音(あかね)ちゃんのヴォーカルに合わせられるのはこの声だけ、といった言葉が、画面をスクロールしていくと次々に目に飛び込んでくる。

僕はふうっと息をついてマウスから手を離(はな)し、椅子(いす)の背もたれに深々と寄りかかった。

まだ受け入れられない。

だって僕はあのまばゆい才能たちに何度も何度も打ちのめされ、砂を噛(か)んできたのだ。今も空を羨望(せんぼう)の目で見上げる虫の気分のままだ。

そこでふと気づく。

登録チャンネルのひとつに新着マークがついている。

Ｍｉｓａ男のチャンネルだ。僕は跳(は)ねるように上体を起こしてマウスをまた握(にぎ)り、チャンネル名をクリックした。

世界最速カヴァー、と題された動画が、今朝八時にアップされている。

中夜祭ではじめて披露(ひろう)した、僕らの新曲の――ピアノソロ版だった。タブレットのピアノアプリで弾(ひ)いている。音数は少なくシンプルだけれど、朱音(あかね)の歌をただなぞるだけの旋律(せんりつ)ではなく、きちんとピアノのみで映(は)えるようにアレンジしてある。

ベッドのシーツの上とおぼしき場所に置かれたタブレット、そして鍵盤(けんばん)を危なっかしくタップする痩(や)せて骨張った指。

胸に、つうんとこみ上げてくるものがある。

息がふさがれてしまって、冷静に聴けなかった。一時停止して深呼吸する。

そこで、静止した画面の中に見つける。

枕の下に挟んである水色の紙片の端っこが画面上部に映り込んでいるのだ。

生徒会長が手作りしてくれた中夜祭ライヴの招待券だ。朱音が僕から奪い取り、校長先生経由で送ってもらうと言っていたあの一枚。

届いていたのだ。

僕は曲を最初からまた再生する。

やせっぽちの指に、やせっぽちの楽音。よく知っているはずなのに知らない旋律。灼けつくような想いが湧き上がる。先生に逢いたかった。逢って色んなことを話したかった。叱られたかった。笑われたかった。見透かされたり転がされたり遊ばれたりしたかった。

でも、回線が伝えてくるのは音楽だけだ。だから僕はそこから勝手に思い出を塗り広げる。

きみがやったんだよ。あたしはちゃんと知ってるよ。

先生の声がほんとうに聞こえた気がする。

チープで優しい音色のピアノソロをおしまいまで聴くと、もう一度再生ボタンをクリックし、今度は目を閉じて記憶が漏れ出るに任せる。春や夏の鮮やかな色がまぶたの裏側にあふれる。廊下を渡るまばらな足音、放課後の訪れを告げる椅子のやかましい軋み、物憂げなチャイム、屋上を渡る風。

色づいた幻想はピアノの音といっしょにやがて虚空に吸い込まれて消える。

僕は目を開いた。ここにある現実を、楽器と楽譜と雑誌で埋まった狭苦しい自分の部屋を見回し、小さくため息をつく。

立ち上がり、ＭＩＤＩキーボードをノートＰＣにつなぐと、椅子を動かし、ふたつの鍵盤のちょうど真ん中に腰を下ろした。アルファベットを刻んだものと、黒白に塗り分けられたもの。言葉と、音楽。

そうして譜面台に五線譜ノートのまっさらなページを広げた僕は、ヘッドフォンの間のあたたかな孤独に身を沈め、次の歌を書き始める。今は、どこかの病室で退屈しているであろう、たったひとりのために。その先でいのちが歌をつなぎ、歌がいのちを伝え、世界中の海を巡って、いつの日か歳をとった僕の岸辺にさざ波となって帰ってきてくれればいい。そんな夜明けのことを考えながら、僕は自分の鼓動をまたひとつ音符に変えて五線にしるした。

〈了〉

あとがき

恥を忍んで告白いたしますと、僕はこれまでジャズにはまったくといっていいほど触れてきませんでした。名盤中の名盤、といわれているアルバムを何枚かかじってみたのですが、良さが全然わからないのです。ブルースもさっぱりで、だからブルースに根ざしたレッド・ツェッペリンやローリング・ストーンズもはまりきれないままでした。

昔は、こんなんじゃだめだ、と自分を叱咤して、さほど好きでもないアルバムを一日中オートリピートで無理に聴き込んだりしていました。世界中に愛好家がいるからには良いものにきまっていて、価値が理解できないのは自分の感性が浅いせいだ——と。

いつの頃からか、そういう考え方を捨てました。

しかたない。合わないものは合わない。音楽に限らず、そういうもんです。

背伸びは必要です。普段足を踏み入れないところにあえて飛び込む気力を失くしてしまったら、世界は広がらないままです。それに、昔は理解できなかったのが年をとってから再挑戦してみてすんなり受け入れられるようになる、というのもよくあることですから、ある程度の根気も必要でしょう。

でも、無理はいけない。なにも生み出しません。

わからないならわからないでいいのです。僕じゃないだれかが理解しているなら、その人が僕にわかる形で料理し直してくれるかもしれない。それをありがたくいただけばいい。

さらにいえば、自分がやっていること——音楽小説の執筆——も、まさにそれではないか。読者の中には僕と音楽の趣味がまるっきり合わない人がたくさんいるでしょう。でも僕が感じ取った素晴らしさを物語という形に再調理したものを受け取ってくれればそれでいい。最近そんなふうに考えるようになりました。

ということで2巻では臆面もなくバド・パウエルとセロニアス・モンクを取り上げました。詩月の話をやるからにはジャズは避けて通れませんでしたから。どちらも、良さは多分ほとんどわかっていません。すみません。これが作家という人種なのです。

今巻も、春夏冬ゆうさんにはたいへんかわいらしいイラストをつけていただきました。男主人公が表紙でメインを張り続けるというのは僕の作家人生ではじめてのことです。担当編集の森さまにもとてもお世話になりました。この場を借りて厚く御礼申し上げます。

二〇二一年三月　杉井　光

◉杉井　光著作リスト

「火目の巫女　巻ノ一〜三」（電撃文庫）
「神様のメモ帳1〜9」（同）
「さよならピアノソナタ」シリーズ計5冊（同）
「楽聖少女1〜4」（同）
「東池袋ストレイキャッツ」（同）
「夜桜ヴァンパネルラ1、2」（同）

「恋してるひまがあるならガチャ回せ！1、2」（同）
「楽園ノイズ1、2」（同）
「すべての愛がゆるされる島」（メディアワークス文庫）
「終わる世界のアルバム」（同）
「終わる世界のアルバム」（単行本 アスキー・メディアワークス刊）
「死図眼のイタカ」（一迅社文庫）
「さくらファミリア！1～3」（同）
「シオンの血族1～3」（同）
「ばけらの！1、2」（GA文庫）
「剣の女王と烙印の仔I～VIII」（MF文庫J）
「ブックマートの金狼」（NOVEL 0）
「花咲けるエリアルフォース」（ガガガ文庫）
「生徒会探偵キリカ」シリーズ計7冊（講談社ラノベ文庫）
「蓮見律子の推理交響楽 比翼のバルカローレ」（講談社タイガ）
「放課後アポカリプス1、2」（ダッシュエックス文庫）
「電脳格技メガフィストガールズ」（同）
「神曲プロデューサー」（単行本 集英社刊）
「六秒間の永遠」（単行本 幻冬舎刊）

本書に対するご意見、ご感想をお寄せください。

ファンレターあて先
〒102-8177　東京都千代田区富士見2-13-3
電撃文庫編集部
「杉井 光先生」係
「春夏冬ゆう先生」係

本書は書き下ろしです。

電撃文庫

楽園ノイズ2

杉井 光

2021年5月10日　初版発行

発行者　青柳昌行
発行　株式会社KADOKAWA
〒102-8177　東京都千代田区富士見2-13-3
0570-002-301（ナビダイヤル）
装丁者　荻窪裕司（META+MANIERA）
印刷　株式会社暁印刷
製本　株式会社ビルディング・ブックセンター

●お問い合わせ
https://www.kadokawa.co.jp/（「お問い合わせ」へお進みください）
※内容によっては、お答えできない場合があります。
※サポートは日本国内のみとさせていただきます。
※ Japanese text only

※定価はカバーに表示してあります。

ISBN978-4-04-913681-4　C0193　Printed in Japan

電撃文庫　https://dengekibunko.jp/

電撃文庫創刊に際して

文庫は、我が国にとどまらず、世界の書籍の流れのなかで〝小さな巨人〟としての地位を築いてきた。古今東西の名著を、廉価で手に入りやすい形で提供してきたからこそ、人は文庫を自分の師として、また青春の想い出として、語りついできたのである。

その源を、文化的にはドイツのレクラム文庫に求めるにせよ、規模の上でイギリスのペンギンブックスに求めるにせよ、いま文庫は知識人の層の多様化に従って、ますますその意義を大きくしていると言ってよい。

文庫出版の意味するものは、激動の現代のみならず将来にわたって、大きくなることはあっても、小さくなることはないだろう。

「電撃文庫」は、そのように多様化した対象に応え、歴史に耐えうる作品を収録するのはもちろん、新しい世紀を迎えるにあたって、既成の枠をこえる新鮮で強烈なアイ・オープナーたりたい。

その特異さ故に、この存在は、かつて文庫がはじめて出版世界に登場したときと、同じ戸惑いを読書人に与えるかもしれない。

しかし、〈Changing Times,Changing Publishing〉時代は変わって、出版も変わる。時を重ねるなかで、精神の糧として、心の一隅を占めるものとして、次なる文化の担い手の若者たちに確かな評価を得られると信じて、ここに「電撃文庫」を出版する。

1993年6月10日
角川歴彦

電撃文庫DIGEST　5月の新刊

発売日2021年5月8日

創約　とある魔術の禁書目録(インデックス)④ 【著】鎌池和馬　【イラスト】はいむらきよたか	ついにR＆Cオカルティクスに対する学園都市とイギリス清教の大反撃が始まるが、結果は謎の異常事態で……。一方、病院送りになった上条当麻のベッドはもぬけの殻。──今度はもう、『暗闇』なんかにさせない。
学園キノ⑦ 【著】時雨沢恵一　【イラスト】黒星紅白	「みなさんにはこれから──キャンプをしてもらいます！」。腰にモデルガンを下げてちょっと大飯喰らいなだけの女子高生・木乃と、人語を喋るストラップのエルメスが繰り広げる物語。待望の第７巻が登場！
俺を好きなのはお前だけかよ⑯ 【著】駱駝　【イラスト】ブリキ	ジョーロに訪れた史上最大の難問。それは大晦日までに姿を消したパンジーを探すこと。微かな手がかりの中、絆を断ち切った少女たちとの様々な想いがジョーロを巡り、葛藤させる。最後、物語が待ち受ける真実と想いとは──。
娘じゃなくて私(ママ)が好きなの!?⑤ 【著】望 公太　【イラスト】ぎうにう	私、歌枕綾子、３ピー歳。仕事のために東京へ単身赴任することになり、住む部屋で待っていたのは、タッくんで──！えぇぇ！　今日から一緒に住むの!?
豚のレバーは加熱しろ（4回目） 【著】逆井卓馬　【イラスト】遠坂あさぎ	闇躍の術師を撃破し、ひとときの安寧が訪れていた。もはや想いを隠すこともなく相思相愛で、北へと向かう旅を楽しむジェスと豚。だがジェスには気がかりがあるようで……。謎とラブに溢れた旅情編！
楽園ノイズ2 【著】杉井 光　【イラスト】春夏冬ゆう	華園先生が居なくなった2学期。単独ライブ・そして11月の学園祭に向けて練習をするPNOメンバーの4人に「ある人物」が告げた言葉が、メンバーたちの関係をぎこちなくして──高純度音楽ストーリー第2幕開演！
隣のクーデレラを甘やかしたら、ウチの合鍵を渡すことになった2 【著】雪仁　【イラスト】かがちさく	高校生の夏臣と隣室に住む美少女、ユイが共に食卓を囲む日々は続いていた。初めて二人でデートとして花火大会に行くのがきっかけとなり、お互いが今の気持ちを考え始めたことで、その関係は更に甘さを増していく──
となりの彼女と夜ふかしごはん2 **～ツンドラ新入社員ちゃんは素直になりたい～** 【著】猿渡かざみ　【イラスト】クロがねや	酒の席で無理難題をふっかけられてしまった後輩社員の文月さん。先輩らしく手助けしたいんだけど……「筆塚マネージャーの力は借りません！」ツンドラ具合が爆発中!?　深夜の食卓ラブコメ、おかわりどうぞ！
グリモアレファレンス2 **貸出延滞はほどほどに** 【著】佐伯庸介　【イラスト】花ヶ田	図書館の地下に広がる迷宮を探索する一方で、通常のレファレンスもこなす図書隊のメンバーたち。そんななか、ある大学教授が貸し出しを希望したのは地下に収められた魔導書で──!?
午後九時、ベランダ越しの女神先輩は僕だけのもの2 【著】岩田洋季　【イラスト】みわべさくら	ベランダ越しデートを重ねる先輩と僕に夏休みがやってきた。二人きりで楽しみたいイベントがたくさんあるけれど、僕たちの関係は秘密。そんな悶々とした中、僕が家族旅行に出かけることになってしまって……。
新作 **恋は双子で割り切れない** 【著】髙村資本　【イラスト】あるみっく	隣の家の双子姉妹とは幼なじみ。家族同然で育った親友だったけど、ある一言がやがて僕達を妙な三角関係へと導いていった。「付き合ってみない？　お試しみたいな感じでどう？」初恋こじらせ系双子ラブコメ開幕！
新作 **浮遊世界のエアロノーツ** **飛空船乗りと風使いの少女** 【著】森 日向　【イラスト】にもし	壊れた大地のかけらが生みだした島の中で生活をしている世界。両親とはぐれた少女・アリアは、飛行船乗りの泊人を頼り、両親を捜すことに──。様々な島の住人との交流がアリアの持つ「風使い」の力を開花させ──。